Sommaire

Dossier pédagogique : www.hachette-education.com

Victor Hugo (1802-1885) en 1829,
lithographie d'Achille Devéria.

PRÉSENTATION

Victor Hugo tire *Claude Gueux* de l'histoire vraie d'un repris de justice récidiviste, condamné à mort en 1832 pour avoir assassiné à la hache son directeur d'atelier, M. Delacelle. Mais il transforme ce fait divers en un récit exemplaire qui, dans la continuité de son *Dernier Jour d'un condamné à mort,* paru cinq ans plus tôt, en 1829, invite à réfléchir sur l'utilité de la peine de mort et sur l'injustice des sanctions et des peines.

Victor Hugo fait de Claude Gueux un exemple d'une simplicité dramatique : un pauvre ouvrier parisien, qui a volé pour nourrir et réchauffer sa famille, a été condamné à cinq ans de prison pour ce seul vol ; finalement il tue le directeur de l'atelier de la prison qui, sans explication, l'avait séparé de son compagnon de misère avec qui il partageait sa ration.

Paru en 1834 et envoyé aux députés sur la demande du négociant Charles Carlier, *Claude Gueux* est d'abord le récit allégorique* du parcours d'un homme du peuple « *capable, habile, intelligent, fort mal traité par l'éducation, fort bien traité*

Forçats au XIXe siècle.

* *Cf.* Lexique.

par la nature, ne sachant pas lire et sachant penser » ; il s'achève sur le discours d'un citoyen anonyme, dont le texte est une version remaniée d'un plaidoyer * rédigé par Victor Hugo en 1832, en réaction à l'exécution du véritable Claude Gueux.

Fable, reportage, nouvelle, récit, essai contre la peine de mort et en faveur d'une réforme du système pénal des peines, discours contre la misère : tous ces genres sont ici convoqués par Victor Hugo dans le but de nous convaincre que cette « *tête de l'homme du peuple, cultivez-la, défrichez-la, arrosez-la, fécondez-la, éclairez-la, moralisez-la, utilisez-la ; vous n'aurez pas besoin de la couper.* »

* *Cf.* Lexique.

Claude Gueux

Victor Hugo

La lettre ci-dessous, dont l'original est déposé aux bureaux de la *Revue de Paris*[1], fait trop d'honneur à son auteur pour que nous ne la reproduisions pas ici. Elle est désormais liée à toutes les réimpressions de *Claude Gueux*.

Dunkerque, le 30 juillet 1834.

Monsieur le directeur de la *Revue de Paris*,

Claude Gueux, de Victor Hugo, par vous inséré dans votre livraison du 6 courant, est une grande leçon ; aidez-moi, je vous prie, à la faire profiter.

Rendez-moi, je vous prie, le service de faire tirer autant d'exemplaires qu'il y a de députés en France, et de les leur adresser individuellement et bien exactement.

J'ai l'honneur de vous saluer.

Charles Carlier, négociant.

note

1. Le texte paraît pour la première fois dans *La Revue de Paris* le 6 juillet 1834.

Il y a sept ou huit ans, un homme nommé Claude Gueux[1], pauvre ouvrier, vivait à Paris. Il avait avec lui une fille[2] qui était sa maîtresse[3], et un enfant de cette fille. Je dis les choses comme elles sont, laissant le lecteur ramasser les moralités à mesure que les faits les sèment sur leur chemin. L'ouvrier était capable, habile, intelligent, fort mal traité par l'éducation, fort bien traité par la nature, ne sachant pas lire et sachant penser. Un hiver, l'ouvrage manqua. Pas de feu, ni de pain dans le galetas[4]. L'homme, la fille et l'enfant eurent froid et faim. L'homme vola. Je ne sais ce qu'il vola, je ne sais où il vola. Ce que je sais, c'est que de ce vol il résulta trois jours de pain et de feu pour la femme et pour l'enfant, et cinq ans de prison pour l'homme.

L'homme fut envoyé faire son temps[5] à la maison centrale de Clairvaux[6]. Clairvaux, abbaye dont on a fait une bastille[7], cellule[8] dont on a fait un cabanon[9], autel[10] dont on a fait un pilori[11]. Quand nous parlons de progrès, c'est ainsi que certaines gens le comprennent et l'exécutent. Voilà la chose qu'ils mettent sous notre mot.

Poursuivons :

Arrivé là, on le mit dans un cachot pour la nuit et dans un atelier pour le jour. Ce n'est pas l'atelier que je blâme.

Claude Gueux, honnête ouvrier naguère[12], voleur désormais, était une figure digne et grave. Il avait le front haut, déjà ridé,

notes

1. Ce personnage a vraiment existé. Né le 18 mai 1804 en Côte-d'Or, il est emprisonné à la prison centrale de Clairvaux de 1823 à 1829, puis de 1830 à 1831 où il tue à coups de hache un gardien-chef. Il est guillotiné le 1er juin 1832. *Gueux* signifie « miséreux, personne qui vit d'aumônes ».
2. **fille :** jeune femme non mariée.
3. **maîtresse :** compagne, amante.
4. **galetas :** grenier, logement misérable et exigu.
5. **faire son temps :** effectuer sa peine.
6. **Clairvaux :** ancienne abbaye à l'écart de Ville-sous-la-Ferté, dans l'Aube ; aujourd'hui prison centrale.
7. **bastille :** prison.
8. **cellule :** chambre de moine.
9. **cabanon :** cellule où l'on enferme les fous dangereux.
10. **autel :** table sur laquelle on célèbre la messe.
11. **pilori :** poteau auquel on attachait une personne condamnée à être exposée publiquement.
12. **naguère :** récemment.

Claude Gueux

passage analysé

quoique jeune encore, quelques cheveux gris perdus dans les touffes noires, l'œil doux et fort puissamment enfoncé sous une arcade sourcilière bien modelée, les narines ouvertes, le menton avancé, la lèvre dédaigneuse. C'était une belle tête. On va voir ce que la société en a fait.

Il avait la parole rare, le geste plus fréquent, quelque chose d'impérieux[1] dans toute sa personne et qui se faisait obéir, l'air pensif, sérieux plutôt que souffrant. Il avait pourtant bien souffert.

Dans le dépôt où Claude Gueux était enfermé, il y avait un directeur des ateliers, espèce de fonctionnaire propre aux prisons, qui tient tout ensemble du guichetier[2] et du marchand, qui fait en même temps une commande à l'ouvrier et une menace au prisonnier, qui vous met l'outil aux mains et les fers aux pieds. Celui-là était lui-même une variété dans l'espèce, un homme bref[3], tyrannique, obéissant à ses idées, toujours à courte bride[4] sur son autorité ; d'ailleurs, dans l'occasion, bon compagnon, bon prince, jovial même et raillant avec grâce ; dur plutôt que ferme ; ne raisonnant avec personne, pas même avec lui ; bon père, bon mari, sans doute, ce qui est devoir et non vertu ; en un mot, pas méchant, mauvais. C'était un de ces hommes qui n'ont rien de vibrant ni d'élastique, qui sont composés de molécules inertes, qui ne résonnent au choc d'aucune idée, au contact d'aucun sentiment, qui ont des colères glacées, des haines mornes, des emportements sans émotion, qui prennent feu sans s'échauffer, dont la capacité de calorique[5] est nulle, et qu'on dirait souvent faits de bois ; ils flambent par un bout et sont froids par l'autre. La ligne principale, la ligne diagonale du caractère de cet homme, c'était la ténacité. Il était fier d'être tenace, et se

notes

1. impérieux : irrésistible, auquel on ne peut résister.
2. guichetier : gardien qui passe les repas aux détenus par une ouverture pratiquée dans la porte de la cellule appelée « le guichet ».
3. bref : qui parle peu et avec autorité.
4. courte bride : la bride est une lanière pour guider les chevaux ; la tenir courte, c'est ne laisser aucune liberté d'action au cheval.
5. capacité de calorique : capacité de chaleur, d'échauffement, et, par image, de sentiment ou d'émotion.

Claude Gueux

comparait à Napoléon[1]. Ceci n'est qu'une illusion d'optique. Il y a nombre de gens qui en sont dupes et qui, à certaine distance, prennent la ténacité pour de la volonté, et une chandelle pour une étoile. Quand cet homme donc avait une fois ajusté ce qu'il appelait sa *volonté* à une chose absurde, il allait tête haute et à travers toute broussaille jusqu'au bout de la chose absurde. L'entêtement sans l'intelligence, c'est la sottise soudée au bout de la bêtise et lui servant de rallonge. Cela va loin. En général, quand une catastrophe privée ou publique s'est écroulée sur nous, si nous examinons, d'après les décombres qui en gisent à terre, de quelle façon elle s'est échafaudée, nous trouvons presque toujours qu'elle a été aveuglément construite par un homme médiocre et obstiné qui avait foi en lui et qui s'admirait. Il y a par le monde beaucoup de ces petites fatalités têtues qui se croient des providences.

Voilà donc ce que c'était que le directeur des ateliers de la prison centrale de Clairvaux. Voilà de quoi était fait le briquet[2] avec lequel la société frappait chaque jour sur les prisonniers pour en tirer des étincelles.

L'étincelle que de pareils briquets arrachent à de pareils cailloux allume souvent des incendies.

suite, p. 24

passage analysé

notes

1. Napoléon Bonaparte (1769-1821), empereur des Français de 1804 à 1815. Modèle de bravoure, ou de tyran, pour l'époque romantique.

2. **briquet** : pièce d'acier dont on se servait pour tirer du feu d'un caillou.

« Honnête ouvrier naguère, voleur désormais »

Lecture analytique de l'extrait, p. 9, l. 22, à p. 11, l. 70.

Dès la première page de *Claude Gueux*, Victor Hugo trace le portrait du personnage éponyme* et du directeur des ateliers de la prison. Les deux figures s'opposent et se complètent, comme les faces opposées d'une médaille : d'un côté, le voleur, le proscrit ; de l'autre, le fonctionnaire, le notable. Ce portrait double a valeur d'exposition* : le lecteur découvre les deux protagonistes* du récit, que tout sépare mais que la prison réunit dans une sorte de huis clos qui rappelle la scène de la tragédie.

Les figures présentées sont immédiatement surprenantes : le condamné brille par ses qualités, tandis que le directeur accumule les défauts ; le voleur est vertueux, l'homme honnête est médiocre et bas. Au fond, tout se passe comme si la destinée de ces deux personnages était inversement proportionnelle à leur mérite personnel – ce que soulignent les antithèses* et les oppositions qui structurent ce portrait croisé.

D'écho en écho, de détail en détail, Victor Hugo multiplie les généralisations, les commentaires narratifs et les prises de position. Ce portrait double devient l'opposition de deux types*, comme deux masques de tragédie antique qui représenteraient des caractères précis : la Vertu bafouée et le Vice récompensé, par exemple. À travers ces deux personnages, sont visés la société de la monarchie de Juillet et ses dévoiements. La visée persuasive est évidente : Victor Hugo veut provoquer l'indignation de son lecteur face à cette inversion du vice et de la vertu.

* *Cf.* Lexique.

Extrait, p. 9, l. 22, à p. 11, l. 70

Portraits croisés

❶ Faites le plan de cet extrait. Comment est-il organisé ?
❷ Relevez les antithèses* dans le portrait de Claude. Quel effet produisent-elles ?
❸ Quelles sont les oppositions formelles et thématiques entre le portrait de Claude et celui du directeur ? Comment peut-on les interpréter ?
❹ Étudiez les concessions*, les corrections et les restrictions dans le portrait du directeur. Quelle image ressort finalement de ce personnage ?

Des figures surprenantes

❺ Quel champ lexical* domine dans le portrait de Claude ?
❻ Quelles sont les caractéristiques morales du directeur ?
❼ Montrez que Claude est décrit à la manière d'un héros épique*, d'un personnage exemplaire.
❽ En quoi la mise en présence d'un « voleur vertueux » et d'un « directeur vicieux » est-elle inattendue ? est-elle subversive ?

Une visée persuasive

❾ Relevez les interventions du narrateur. Quelles indications apportent-elles ?
❿ Peut-on dire que ces personnages deviennent des types* ? et de quoi ?
⓫ En quelle mesure peut-on affirmer que ce texte met en scène une injustice ?
⓬ Quel effet Hugo cherche-t-il à produire sur ses lecteurs à travers ces deux portraits croisés ?

* *Cf.* Lexique.

Du portrait au modèle

Lectures croisées et travaux d'écriture

Pratiqué par les gens d'esprit comme par les écrivains, le portrait est presque un genre littéraire, avec ses règles et ses attendus. Les auteurs antiques se plaisaient à dresser des portraits exemplaires des hommes illustres, faisant aussi parfois des parallèles entre deux personnages, réels ou fictifs, opposés. Aux XVIIe et XVIIIe siècles, il est pratiqué comme un jeu d'esprit dans les salons précieux. Pour les romantiques, qui réhabilitent le *moi*, c'est un élément essentiel qui met en avant l'individu ; les réalistes, eux, l'utilisent pour camper leurs personnages comme s'il s'agissait de personnes réelles, et ainsi les fixer dans leur aspect physique et leurs caractéristiques psychologiques et morales. On doit toujours s'interroger sur la relation qui s'établit entre ces deux moitiés du personnage. Dans le cas de Claude Gueux et du directeur, la relation est d'identité : le physique traduit les qualités ou les vices moraux. Il n'en va pas toujours ainsi : le colonel Chabert, personnage créé par Balzac, ne porte pas sa valeur morale dans ses traits, mais les vicissitudes de son histoire. Enfin, lorsqu'il s'agit d'un personnage historique, ce dernier peut représenter une conception de l'histoire, du devenir humain qui le dépasse et dont il est une incarnation temporaire. C'est ce que propose le parallèle entre Washington et Napoléon Bonaparte établi par Chateaubriand.

Texte A : Extrait de *Claude Gueux* de Victor Hugo (p. 9, l. 22, à p. 11, l. 70)

Texte B : François-René de Chateaubriand, *Mémoires d'outre-tombe*

Né en 1768, Chateaubriand entame la rédaction de ses Mémoires *en 1809 et les achève en 1841. Il y fait le récit de sa vie publique et y porte un regard*

acéré sur les personnages qu'il a côtoyés et les événements auxquels il a participé. Ici, il brosse, à la manière antique, un parallèle entre deux grands hommes d'État que tout oppose selon lui : Washington et Napoléon Bonaparte. La visée du portrait est dans la continuité de celle des grands mémorialistes : il s'agit de comprendre la portée historique et publique du personnage et, par là, l'histoire elle-même.

Washington[1] n'appartient pas, comme Bonaparte, à cette race qui dépasse la stature humaine. Rien d'étonnant ne s'attache à sa personne ; il n'est point placé sur un vaste théâtre ; il n'est point aux prises avec les capitaines les plus habiles, et les plus puissants monarques du temps ; il ne court point de Memphis à Vienne, de Cadix à Moscou[2] : il se défend avec une poignée de citoyens sur une terre sans célébrité, dans le cercle étroit des foyers domestiques. Il ne livre point de ces combats qui renouvellent les triomphes d'Arbelles et de Pharsale[3] ; il ne renverse point les trônes pour en recomposer d'autres avec leurs débris ; il ne fait point dire aux rois à sa porte :

Qu'ils se font trop attendre, et qu'Attila s'ennuie.[4]

Quelque chose de silencieux enveloppe les actions de Washington ; il agit avec lenteur ; on dirait qu'il se sent chargé de la liberté de l'avenir, et qu'il craint de la compromettre. Ce ne sont pas ses destinées que porte ce héros d'une nouvelle espèce : ce sont celles de son pays ; il ne se permet pas de jouer ce qui ne lui appartient pas ; mais de cette profonde humilité quelle lumière va jaillir ! Cherchez les bois où brilla l'épée de Washington : qu'y trouvez-vous ? Des tombeaux ? Non ; un monde ! Washington a laissé les États-Unis pour trophée sur son champ de bataille.

Bonaparte n'a aucun trait de ce grave Américain : il combat avec fracas sur une vieille terre ; il ne veut créer que sa renommée ; il ne se charge que de son propre sort. Il semble savoir que sa mission sera courte, que le torrent qui descend de si haut s'écoulera vite ; il se hâte de jouir et d'abuser de sa gloire, comme d'une jeunesse fugitive. À l'instar des dieux d'Homère[5], il veut arriver en quatre pas au bout du monde. Il paraît sur tous les rivages ; il inscrit précipitamment son nom dans les fastes de tous les peuples ; il jette des couronnes à sa famille et à ses soldats ; il se dépêche dans ses monuments, dans ses lois, dans ses victoires. Penché sur le monde, d'une main il terrasse les rois, de l'autre il abat le géant révolutionnaire[6] ; mais, en écrasant l'anarchie, il étouffe la liberté, et finit par perdre la sienne sur son dernier champ de bataille.

Chacun est récompensé selon ses œuvres : Washington élève une nation à l'indépendance ; magistrat en repos, il s'endort sous son toit au milieu des regrets de ses compatriotes et de la vénération des peuples.

Bonaparte ravit à une nation son indépendance : empereur déchu, il est précipité dans l'exil[7], où la frayeur de la terre ne le croit pas encore assez emprisonné sous la garde de l'océan. Il expire : cette nouvelle publiée à la porte du palais devant laquelle le conquérant fit proclamer tant de funérailles n'arrête, ni n'étonne le passant : qu'avaient à pleurer les citoyens ?

La République de Washington subsiste ; l'Empire de Bonaparte est détruit. Washington et Bonaparte sortirent du sein de la démocratie : nés tous deux de la liberté, le premier lui fut fidèle, le second la trahit.

François-René de Chateaubriand, *Mémoires d'outre-tombe*,
livre VI, chap. 8 : « Parallèle de Washington et de Bonaparte », 1827-1850.

1. George Washington (1732-1799) est le premier président des États-Unis d'Amérique.
2. Allusion aux nombreuses campagnes de Napoléon : Memphis est une ville d'Égypte, Vienne d'Autriche, Cadix d'Espagne et Moscou de Russie.
3. **d'Arbelles et de Pharsale :** victoires militaires d'Alexandre le Grand (en 331 av. J.-C.) et de César (en 48 av. J.-C.).
4. Citation extraite de l'*Attila* de Corneille.
5. **Homère :** poète grec du IXe siècle av. J.-C. à qui l'on attribue l'*Iliade* et l'*Odyssée*.
6. **le géant révolutionnaire :** allusion au coup d'État du 18 Brumaire de l'an VIII (journée du 9 novembre 1799), au cours duquel Napoléon abat le Directoire et le remplace par le Consulat, premier pas vers l'Empire.
7. Après la défaite de Waterloo, Napoléon est déporté par les Anglais dans l'île de Sainte-Hélène, où il meurt en 1821.

Texte C : Honoré de Balzac, *Le Colonel Chabert*

Héros fictif des batailles napoléoniennes, le Colonel Chabert s'est rendu célèbre en résistant héroïquement à l'ennemi à la bataille d'Eylau (7-8 février 1807). On l'a cru mort mais, après une longue convalescence, il revient et découvre que son épouse s'est remariée. Le colonel tente de se rétablir dans ses droits avec l'aide de l'avoué (équivalent de l'actuel avocat) Derville. Mais, dans la nouvelle société de la Restauration, personne ne veut faire de place à ce vieux soldat, symbole d'une époque héroïque disparue dont on se souvient avec un mélange de terreur et de mauvaise conscience. Voici son portrait, sombre et frappant, dans la salle d'attente de l'homme de loi.

Le vieux soldat était sec et maigre. Son front, volontairement caché sous les cheveux de sa perruque lisse, lui donnait quelque chose de mystérieux.

Ses yeux paraissaient couverts d'une taie[1] transparente : vous eussiez dit de la nacre sale dont les reflets bleuâtres chatoyaient à la lueur des bougies. Le visage pâle, livide, et en lame de couteau, s'il est permis d'emprunter cette expression vulgaire, semblait mort. Le cou était serré par une mauvaise cravate de soie noire. L'ombre cachait si bien le corps à partir de la ligne brune que décrivait ce haillon, qu'un homme d'imagination aurait pu prendre cette vieille tête pour quelque silhouette due au hasard, ou pour un portrait de Rembrandt[2], sans cadre. Les bords du chapeau qui couvrait le front du vieillard projetaient un sillon noir sur le haut du visage. Cet effet bizarre, quoique naturel, faisait ressortir, par la brusquerie du contraste, les rides blanches, les sinuosités froides, le sentiment décoloré de cette physionomie cadavéreuse. Enfin l'absence de tout mouvement dans le corps, de toute chaleur dans le regard s'accordait avec une certaine expression de démence triste, avec les dégradants symptômes par lesquels se caractérise l'idiotisme[3], pour faire de cette figure je ne sais quoi de funeste qu'aucune parole humaine ne pourrait exprimer. Mais un observateur, et surtout un avoué, aurait trouvé de plus en cet homme foudroyé les signes d'une douleur profonde, les indices d'une misère qui avait dégradé ce visage, comme les gouttes d'eau tombées du ciel sur un beau marbre l'ont à la longue défiguré. Un médecin, un auteur, un magistrat eussent pressenti tout un drame à l'aspect de cette sublime horreur dont le moindre mérite était de ressembler à ces fantaisies que les peintres s'amusent à dessiner au bas de leurs pierres lithographiques[4] en causant avec leurs amis.

En voyant l'avoué, l'inconnu tressaillit par un mouvement convulsif semblable à celui qui échappe aux poètes quand un bruit inattendu vient les détourner d'une féconde rêverie, au milieu du silence et de la nuit. Le vieillard se découvrit promptement et se leva pour saluer le jeune homme ; le cuir qui garnissait l'intérieur de son chapeau étant sans doute fort gras, sa perruque y resta collée sans qu'il s'en aperçût, et laissa voir à nu son crâne horriblement mutilé par une cicatrice transversale qui prenait à l'occiput[5] et venait mourir à l'œil droit, en formant partout une grosse couture saillante. L'enlèvement soudain de cette perruque sale, que le pauvre homme portait pour cacher sa blessure, ne donna nulle envie de rire aux deux gens de loi, tant ce crâne fendu était épouvantable à voir. La première pensée que suggérait l'aspect de cette blessure était celle-ci : « Par là s'est enfuie l'intelligence ! »

Honoré de Balzac, *Le Colonel Chabert,* 1832 (texte ici conforme au Furne corrigé de 1845).

1. taie : voile, tache.
2. Rembrandt : maître hollandais (1606-1669), dont la peinture se caractérise par l'emploi de fortes ombres.
3. idiotisme : état d'un idiot (vieilli).
4. pierres lithographiques : pierres servant à la reproduction (de dessins, dans ce cas précis).
5. occiput : partie arrière et inférieure du crâne.

Texte D : Victor Hugo, *Les Misérables*

Victor Hugo fait commencer son épopée des* Misérables *par un long développement sur Mgr Myriel, évêque de Digne. Comme Chabert, présenté dans le texte précédent, ce personnage a traversé les vicissitudes de la Révolution puis de l'Empire. Homme intègre et charitable, il est* « un juste », *comme l'indique le titre du livre des* Misérables *qui lui est consacré. Voici un épisode de son installation dans son nouvel évêché qui, mieux qu'un portrait, résume le personnage et nous éclaire sur sa personnalité.

L'hôpital était une maison étroite et basse à un seul étage avec un petit jardin.

Trois jours après son arrivée, l'évêque visita l'hôpital. La visite terminée, il fit prier le directeur de vouloir bien venir jusque chez lui.

– Monsieur le directeur de l'hôpital, lui dit-il, combien en ce moment avez-vous de malades ?

– Vingt-six, Monseigneur.

– C'est ce que j'avais compté, dit l'évêque.

– Les lits, reprit le directeur, sont bien serrés les uns contre les autres.

– C'est ce que j'avais remarqué.

– Les salles ne sont que des chambres, et l'air s'y renouvelle difficilement.

– C'est ce qui me semble.

– Et puis, quand il y a un rayon de soleil, le jardin est bien petit pour les convalescents.

– C'est ce que je me disais.

– Dans les épidémies, nous avons eu cette année le typhus[1], nous avons eu une suette miliaire[2] il y a deux ans, cent malades quelquefois ; nous ne savons que faire.

– C'est la pensée qui m'était venue.

– Que voulez-vous, Monseigneur ? dit le directeur, il faut se résigner.

Cette conversation avait lieu dans la salle à manger-galerie du rez-de-chaussée. L'évêque garda un moment le silence, puis il se tourna brusquement vers le directeur de l'hôpital.

– Monsieur, dit-il, combien pensez-vous qu'il tiendrait de lits rien que dans cette salle ?

– La salle à manger de Monseigneur ? s'écria le directeur stupéfait.

L'évêque parcourait la salle du regard et semblait y faire avec les yeux des mesures et des calculs.

– Il y tiendrait bien vingt lits ! dit-il, comme se parlant à lui-même ; puis élevant la voix : – Tenez, monsieur le directeur de l'hôpital, je vais vous dire. Il y a évidemment une erreur. Vous êtes vingt-six personnes dans cinq ou six petites chambres. Nous sommes trois ici, et nous avons place pour soixante. Il y a erreur, je vous dis. Vous avez mon logis, et j'ai le vôtre. Rendez-moi ma maison. C'est ici chez vous.

Le lendemain, vingt-six pauvres étaient installés dans le palais de l'évêque et l'évêque était à l'hôpital.

Victor Hugo, *Les Misérables,* première partie *(Fantine),*
livre premier (« Un juste »), chap. II *(« M. Myriel devient monseigneur Bienvenu »),* 1862.

1. **typhus :** maladie infectieuse contagieuse transmise par les poux.
2. **suette miliaire :** maladie infectieuse faisant transpirer.

Texte E : Victor Hugo, *Les Misérables*

Après Mgr Myriel, Victor Hugo fait entrer Jean Valjean. Comme Claude Gueux, c'est un bagnard qui a volé pour manger. Il arrive ici dans la ville de Digne où il va rencontrer Mgr Myriel. Victor Hugo en trace un portrait énigmatique et inquiétant, celui d'un misérable encore anonyme mais déjà mystérieux.

Dans les premiers jours du mois d'octobre 1815[1], une heure environ avant le coucher du soleil, un homme qui voyageait à pied entrait dans la petite ville de Digne. Les rares habitants qui se trouvaient en ce moment à leurs fenêtres ou sur le seuil de leurs maisons regardaient ce voyageur avec une sorte d'inquiétude. Il était difficile de rencontrer un passant d'un aspect plus misérable. C'était un homme de moyenne taille, trapu et robuste, dans la force de l'âge. Il pouvait avoir quarante-six ou quarante-huit ans. Une casquette à visière de cuir rabattue cachait en partie son visage brûlé par le soleil et le hâle et ruisselant de sueur. Sa chemise de grosse toile jaune, rattachée au col par une petite ancre d'argent, laissait voir sa poitrine velue ; il avait une cravate tordue en corde, un pantalon de coutil[2] bleu usé et râpé, blanc à un genou, troué à l'autre, une vieille blouse grise en haillons, rapiécée à l'un des coudes d'un morceau de drap vert cousu avec de la ficelle, sur le dos un sac de soldat fort plein, bien bouclé et tout neuf, à la main un énorme bâton noueux, les pieds sans bas dans des souliers ferrés, la tête tondue et la barbe longue.

La sueur, la chaleur, le voyage à pied, la poussière ajoutaient je ne sais quoi de sordide à cet ensemble délabré.

Les cheveux étaient ras, et pourtant hérissés ; car ils commençaient à pousser un peu, et semblaient n'avoir pas été coupés depuis quelque temps.

Personne ne le connaissait. Ce n'était évidemment qu'un passant. D'où venait-il ? Du Midi. Des bords de la mer peut-être. Car il faisait son entrée dans Digne par la même rue qui sept mois auparavant avait vu passer l'empereur Napoléon allant de Cannes à Paris[3]. Cet homme avait dû marcher tout le jour. Il paraissait très fatigué. Des femmes de l'ancien bourg qui est au bas de la ville l'avaient vu s'arrêter sous les arbres du boulevard Gassendi et boire à la fontaine qui est à l'extrémité de la promenade. Il fallait qu'il eût bien soif, car des enfants qui le suivaient le virent encore s'arrêter et boire, deux cents pas plus loin, à la fontaine de la place du marché.

Arrivé au coin de la rue Poichevert, il tourna à gauche et se dirigea vers la mairie. Il y entra ; puis sortit un quart d'heure après. Un gendarme était assis près de la porte sur le banc de pierre où le général Drouot[4] monta le 4 mars pour lire à la foule effarée des habitants de Digne la proclamation du golfe Juan. L'homme ôta sa casquette et salua humblement le gendarme.

Le gendarme, sans répondre à son salut, le regarda avec attention, le suivit quelque temps des yeux, puis entra dans la maison de ville[5].

Victor Hugo, *Les Misérables,* Première partie (Fantine), livre deuxième (« La chute »), chap. I *(« Le soir d'un jour de marche »)*, 1862.

1. Soit peu de temps après la défaite de Waterloo (18 juin 1815) et la fin du Premier Empire.
2. **coutil :** toile serrée.
3. Après son abdication en avril 1814, Napoléon est consigné à l'île d'Elbe. Le 1er mars 1815, il s'en échappe et marche sur Paris où il reprendra le pouvoir pour les Cent-Jours.
4. Général resté fidèle à Napoléon.
5. **maison de ville :** mairie.

Document : Théophile Alexandre Steinlen, *Claude Gueux* (mine de plomb, XIXe siècle)

Corpus

Texte A : Extrait de *Claude Gueux* de Victor Hugo (p. 9, l. 22, à p. 11, l. 70).
Texte B : Extrait des *Mémoires d'outre-tombe* de François-René de Chateaubriand (pp. 14-16).
Texte C : Extrait du *Colonel Chabert* d'Honoré de Balzac (pp. 16-18).
Texte D : Extrait des *Misérables* de Victor Hugo (pp. 18-19).
Texte E : Second extrait des *Misérables* de Victor Hugo (pp. 19-20).
Document : *Claude Gueux* par Théophile Alexandre Steinlen (p. 21).

Examen des textes et de l'image

❶ Comparez les extraits des *Mémoires d'outre-tombe* de Chateaubriand (texte B) et de *Claude Gueux* de Victor Hugo (texte A). Quels sont les points communs et les différences de ces portraits croisés, en termes de registre, de choix des personnages et de visée ?
❷ Que reproche Chateaubriand à Napoléon (texte B) ?
❸ Comment, à l'aide de la focalisation* et des interventions du narrateur, Balzac suggère-t-il ce qu'on peut lire sur la physionomie du colonel Chabert (texte C) ?
❹ En analysant la composition et la mise en scène, montrez en quoi le portrait de Chabert par Balzac est dramatisé (texte C).
❺ Que veut suggérer Victor Hugo à son lecteur avec l'anecdote qu'il rapporte sur Mgr Myriel (texte D) ? Peut-on dire que ce récit aide à former un portrait psychologique du personnage ?
❻ Montrez que les champs lexicaux* et la focalisation donnent un côté énigmatique au personnage de Jean Valjean dans l'extrait des *Misérables* (texte E).
❼ Commentez le portrait de Claude Gueux par Steinlen (document). Que signifie le cadre ? Quel est le rapport entre le portrait et la citation (en bas, à droite) extraite de *Claude Gueux* ? Que peut-on dire de la physionomie de Claude Gueux ?

* Cf. Lexique.

Travaux d'écriture

Question préliminaire

D'après les extraits de ce corpus, quels sont les différents rôles du portrait dans le récit ?

Commentaire

Vous ferez le commentaire de l'extrait du *Colonel Chabert* d'Honoré de Balzac (texte C).

Dissertation

Dans son essai *Le Romancier et ses Personnages* (Buchet/Chastel, 1984), François Mauriac analyse ainsi le rôle des personnages de roman : « *Le romancier lâche ses personnages sur le monde et les charge d'une mission. Il y a des héros de roman qui prêchent, qui se dévouent au service d'une cause, qui illustrent une grande loi sociale, une idée humanitaire, qui se donnent en exemple...* »

Dans quelle mesure ces observations peuvent-elles s'appliquer aux personnages de *Claude Gueux* et aux personnages de roman en général ? Vous vous appuierez, pour répondre, sur des exemples choisis parmi ceux présentés dans le groupement et vos lectures.

Écriture d'invention

À la manière de Victor Hugo ou de Chateaubriand, faites le portrait croisé de deux personnages opposés.

Nous avons dit qu'une fois arrivé à Clairvaux, Claude Gueux fut numéroté dans un atelier et rivé à une besogne. Le directeur de l'atelier fit connaissance avec lui, le reconnut bon ouvrier, et le traita bien. Il paraît même qu'un jour, étant de bonne humeur, et voyant Claude Gueux fort triste, car cet homme pensait toujours à celle qu'il appelait sa *femme*, il lui conta, par manière de jovialité[1] et de passe-temps, et aussi pour le consoler, que cette malheureuse s'était faite fille publique[2]. Claude demanda froidement ce qu'était devenu l'enfant. On ne savait.

Au bout de quelques mois, Claude s'acclimata à l'air de la prison, et parut ne plus songer à rien. Une certaine sérénité sévère, propre à son caractère, avait repris le dessus.

Au bout du même espace de temps à peu près, Claude avait acquis un ascendant singulier sur tous ses compagnons. Comme par une sorte de convention tacite[3], et sans que personne sût pourquoi, pas même lui, tous ces hommes le consultaient, l'écoutaient, l'admiraient et l'imitaient, ce qui est le dernier degré ascendant de l'admiration. Ce n'était pas une médiocre gloire d'être obéi par toutes ces natures désobéissantes. Cet empire[4] lui était venu sans qu'il y songeât. Cela tenait au regard qu'il avait dans les yeux. L'œil d'un homme est une fenêtre par laquelle on voit les pensées qui vont et viennent dans sa tête.

Mettez un homme qui contient des idées parmi des hommes qui n'en contiennent pas, au bout d'un temps donné, et par une loi d'attraction[5] irrésistible, tous les cerveaux ténébreux graviteront humblement et avec adoration autour du cerveau rayonnant. Il y a des hommes qui sont fer et des hommes qui sont aimant. Claude était aimant.

En moins de trois mois donc, Claude était devenu l'âme, la loi et l'ordre de l'atelier. Toutes ces aiguilles tournaient sur son

notes

1. **par manière de jovialité :** avec bonne humeur, pour rire.
2. **fille publique :** prostituée.
3. **convention tacite :** contrat implicite, sous-entendu.
4. **empire :** autorité.
5. **loi d'attraction :** attirance, autorité, par analogie avec la loi de l'attraction terrestre.

Claude Gueux

cadran. Il devait douter lui-même par moments s'il était roi ou prisonnier. C'était une sorte de pape[1] captif avec ses cardinaux[2].

Et, par une réaction toute naturelle, dont l'effet s'accomplit sur toutes les échelles, aimé des prisonniers, il était détesté des geôliers[3]. Cela est toujours ainsi. La popularité ne va jamais sans la défaveur. L'amour des esclaves est toujours doublé de la haine des maîtres.

Claude Gueux était grand mangeur. C'était une des particularités de son organisation. Il avait l'estomac fait de telle sorte que la nourriture de deux hommes ordinaires suffisait à peine à sa journée. Monsieur de Cotadilla[4] avait un de ces appétits-là, et en riait ; mais ce qui est une occasion de gaieté pour un duc, grand d'Espagne, qui a cinq cent mille moutons est une charge pour un ouvrier et un malheur pour un prisonnier.

Claude Gueux, libre dans son grenier, travaillait tout le jour, gagnait son pain de quatre livres[5] et le mangeait. Claude Gueux, en prison, travaillait tout le jour et recevait invariablement pour sa peine une livre et demie de pain et quatre onces[6] de viande. La ration est inexorable[7]. Claude avait donc habituellement faim dans la prison de Clairvaux.

Il avait faim, et c'était tout. Il n'en parlait pas. C'était sa nature ainsi.

Un jour, Claude venait de dévorer sa maigre pitance[8], et s'était remis à son métier, croyant tromper la faim par le travail. Les autres prisonniers mangeaient joyeusement. Un jeune homme, pâle, blanc, faible, vint se placer près de lui. Il tenait à la main sa ration, à laquelle il n'avait pas encore touché, et un couteau. Il

notes

1. pape : chef de l'Église catholique.
2. cardinaux : plus hauts dignitaires de l'Église catholique, électeurs du pape.
3. geôliers : gardiens de prison (une prison est une geôle).
4. Monsieur de Cotadilla : commandant de l'escorte qui accompagnait la mère de Hugo et ses enfants lorsqu'elle rejoignit son mari à Madrid en 1811.
5. quatre livres : environ 2 kg.
6. quatre onces : environ 100 g.
7. inexorable : sévère, qui résiste aux prières.
8. pitance : nourriture de piètre qualité.

restait là debout près de Claude, ayant l'air de vouloir parler et de ne pas oser. Cet homme, et son pain, et sa viande importunaient Claude.

– Que veux-tu ? dit-il enfin brusquement.

– Que tu me rendes un service, dit timidement le jeune homme.

– Quoi ? reprit Claude.

– Que tu m'aides à manger cela. J'en ai trop.

Une larme roula dans l'œil hautain de Claude. Il prit le couteau, partagea la ration du jeune homme en deux parts égales, en prit une, et se mit à manger.

– Merci, dit le jeune homme. Si tu veux, nous partagerons comme cela tous les jours.

– Comment t'appelles-tu ? dit Claude Gueux.

– Albin.

– Pourquoi es-tu ici ? reprit Claude.

– J'ai volé.

– Et moi aussi, dit Claude.

Ils partagèrent en effet de la sorte tous les jours. Claude Gueux avait trente-six ans, et par moments il en paraissait cinquante, tant sa pensée habituelle était sévère. Albin avait vingt ans, on lui en eût donné dix-sept, tant il y avait encore d'innocence dans le regard de ce voleur. Une étroite amitié se noua entre ces deux hommes, amitié de père à fils plutôt que de frère à frère. Albin était encore presque un enfant ; Claude était déjà presqu'un vieillard.

Ils travaillaient dans le même atelier, ils couchaient sous la même clef de voûte, ils se promenaient dans le même préau, ils mordaient au même pain. Chacun des deux amis était l'univers pour l'autre. Il paraît qu'ils étaient heureux.

Nous avons déjà parlé du directeur des ateliers. Cet homme, haï des prisonniers, était souvent obligé, pour se faire obéir d'eux, d'avoir recours à Claude Gueux qui en était aimé. Dans plus d'une occasion, lorsqu'il s'était agi d'empêcher une rébellion ou un tumulte, l'autorité sans titre de Claude Gueux avait prêté

Claude Gueux

main-forte à l'autorité officielle du directeur. En effet, pour contenir les prisonniers, dix paroles de Claude valaient dix gendarmes. Claude avait maintes fois rendu ce service au directeur. Aussi le directeur le détestait-il cordialement. Il était jaloux de ce voleur. Il avait au fond du cœur une haine secrète, envieuse, implacable contre Claude, une haine de souverain de droit à souverain de fait, de pouvoir temporel à pouvoir spirituel.

Ces haines-là sont les pires.

Claude aimait beaucoup Albin et ne songeait pas au directeur.

Un jour, un matin, au moment où les porte-clefs[1] transvasaient les prisonniers deux à deux du dortoir dans l'atelier, un guichetier appela Albin qui était à côté de Claude, et le prévint que le directeur le demandait.

– Que te veut-on ? dit Claude.

– Je ne sais pas, dit Albin.

Le guichetier emmena Albin.

La matinée se passa, Albin ne revint pas à l'atelier. Quand arriva l'heure du repas, Claude pensa qu'il retrouverait Albin au préau. Albin n'était pas au préau. On rentra dans l'atelier, Albin ne reparut pas dans l'atelier. La journée s'écoula ainsi. Le soir, quand on ramena les prisonniers dans leur dortoir, Claude y chercha des yeux Albin, et ne le vit pas. Il paraît qu'il souffrait beaucoup dans ce moment-là, car il adressa la parole à un guichetier, ce qu'il ne faisait jamais :

– Est-ce qu'Albin est malade ? dit-il.

– Non, répondit le guichetier.

– D'où vient donc, reprit Claude, qu'il n'a pas reparu aujourd'hui ?

– Ah ! dit négligemment le porte-clefs, c'est qu'on l'a changé de quartier.

note

1. porte-clefs : gardiens qui détiennent les clefs et qui ouvrent et ferment les serrures de la prison.

Claude Gueux

Les témoins qui ont déposé de ces faits plus tard remarquèrent qu'à cette réponse du guichetier la main de Claude, qui portait une chandelle allumée, trembla légèrement. Il reprit avec calme :

– Qui a donné cet ordre-là ?

Le guichetier répondit :

– M. D.[1]

Le directeur des ateliers s'appelait M. D.

La journée du lendemain se passa comme la journée précédente, sans Albin.

Le soir, à l'heure de la clôture des travaux, le directeur, M. D., vint faire sa ronde habituelle dans l'atelier. Du plus loin que Claude le vit, il ôta son bonnet de grosse laine, il boutonna sa veste grise, triste livrée[2] de Clairvaux, car il est de principe dans les prisons qu'une veste respectueusement boutonnée prévient[3] favorablement les supérieurs, et il se tint debout et son bonnet à la main à l'entrée de son banc, attendant le passage du directeur. Le directeur passa.

– Monsieur ! dit Claude.

Le directeur s'arrêta et se détourna à demi.

– Monsieur, reprit Claude, est-ce que c'est vrai qu'on a changé Albin de quartier ?

– Oui, répondit le directeur.

– Monsieur, poursuivit Claude, j'ai besoin d'Albin pour vivre.

Il ajouta :

– Vous savez que je n'ai pas assez de quoi manger avec la ration de la maison, et qu'Albin partageait son pain avec moi.

– C'était son affaire, dit le directeur.

– Monsieur, est-ce qu'il n'y aurait pas moyen de faire remettre Albin dans le même quartier que moi ?

– Impossible. Il y a décision prise.

– Par qui ?

notes

1. M. D. : M. Delacelle, le gardien-chef responsable des ateliers, assassiné par le véritable Claude Gueux en 1831.

2. livrée : uniforme de domestique.

3. prévient : « *Faire naître d'avance dans l'esprit des sentiments favorables ou défavorables* » (Littré).

– Par moi.

– Monsieur D., reprit Claude, c'est la vie ou la mort pour moi, et cela dépend de vous.

– Je ne reviens jamais sur mes décisions.

– Monsieur, est-ce que je vous ai fait quelque chose ?

– Rien.

– En ce cas, dit Claude, pourquoi me séparez-vous d'Albin ?

– Parce que, dit le directeur.

Cette explication donnée, le directeur passa outre.

Claude baissa la tête et ne répliqua pas. Pauvre lion en cage à qui l'on ôtait son chien.

Nous sommes forcé de dire que le chagrin de cette séparation n'altéra en rien la voracité en quelque sorte maladive du prisonnier. Rien d'ailleurs ne parut sensiblement changé en lui. Il ne parlait d'Albin à aucun de ses camarades. Il se promenait seul dans le préau aux heures de récréation, et il avait faim. Rien de plus.

Cependant ceux qui le connaissaient bien remarquaient quelque chose de sinistre et de sombre qui s'épaississait chaque jour de plus en plus sur son visage. Du reste, il était plus doux que jamais.

Plusieurs voulurent partager leur ration avec lui, il refusa en souriant.

Tous les soirs, depuis l'explication que lui avait donnée le directeur, il faisait une espèce de chose folle qui étonnait de la part d'un homme aussi sérieux. Au moment où le directeur, ramené à heure fixe par sa tournée habituelle, passait devant le métier[1] de Claude, Claude levait les yeux et le regardait fixement, puis il lui adressait d'un ton plein d'angoisse et de colère, qui tenait à la fois de la prière et de la menace, ces deux mots seulement : *Et Albin ?* Le directeur faisait semblant de ne pas entendre ou s'éloignait en haussant les épaules.

note

1. **métier :** appareil à fabriquer des tissus.

Claude Gueux

Cet homme avait tort de hausser les épaules, car il était évident pour tous les spectateurs de ces scènes étranges que Claude Gueux était intérieurement déterminé à quelque chose. Toute la prison attendait avec anxiété quel serait le résultat de cette lutte entre une ténacité et une résolution.

Il a été constaté qu'une fois entre autres, Claude Gueux dit au directeur :

– Écoutez, Monsieur, rendez-moi mon camarade. Vous ferez bien, je vous assure. Remarquez que je vous dis cela.

Une autre fois, un dimanche, comme il se tenait dans le préau, assis sur une pierre, les coudes sur les genoux et son front dans ses mains, immobile depuis plusieurs heures dans la même attitude, le condamné Faillette s'approcha de lui, et lui cria en riant :

– Que diable fais-tu donc là, Claude ?

Claude leva lentement sa tête sévère, et dit :

– Je juge quelqu'un.

Un soir enfin, le 25 octobre 1831, au moment où le directeur faisait sa ronde, Claude brisa sous son pied avec bruit un verre de montre qu'il avait trouvé le matin dans un corridor[1]. Le directeur demanda d'où venait ce bruit.

– Ce n'est rien, dit Claude, c'est moi. Monsieur le directeur, rendez-moi mon camarade.

– Impossible, dit le maître.

– Il le faut pourtant, dit Claude d'une voix basse et ferme, et regardant le directeur en face, il ajouta : Réfléchissez. Nous sommes aujourd'hui le 25 octobre. Je vous donne jusqu'au 4 novembre.

Un guichetier fit remarquer à M. D. que Claude le menaçait et que c'était un cas de cachot[2].

– Non, point de cachot, dit le directeur avec un sourire dédaigneux, il faut être bon avec ces gens-là !

notes

1. **corridor :** couloir.

2. **cachot :** cellule d'isolement disciplinaire.

Claude Gueux

Le lendemain, le condamné Pernot aborda Claude, qui se promenait seul et pensif, laissant les autres prisonniers s'ébattre dans un petit carré de soleil à l'autre bout de la cour.

– Hé bien ! Claude, à quoi songes-tu ? tu parais triste.

– *Je crains*, dit Claude, *qu'il n'arrive bientôt quelque malheur à ce bon M. D.*

Il y a neuf jours pleins du 25 octobre au 4 novembre. Claude n'en laissa pas passer un sans avertir gravement le directeur de l'état de plus en plus douloureux où le mettait la disparition d'Albin. Le directeur fatigué lui infligea une fois vingt-quatre heures de cachot, parce que la prière ressemblait trop à une sommation. Voilà tout ce que Claude obtint.

Le 4 novembre arriva. Ce jour-là, Claude s'éveilla avec un visage serein qu'on ne lui avait pas encore vu depuis le jour où la *décision* de M. D. l'avait séparé de son ami. En se levant, il fouilla dans une espèce de caisse de bois blanc qui était au pied de son lit et qui contenait ses quelques guenilles[1]. Il en tira une paire de ciseaux de couturière. C'était, avec un volume dépareillé de l'*Émile*[2], la seule chose qui lui restât de la femme qu'il avait aimée, de la mère de son enfant, de son heureux petit ménage d'autrefois. Deux meubles[3] bien inutiles pour Claude ; les ciseaux ne pouvaient servir qu'à une femme, le livre qu'à un lettré. Claude ne savait ni coudre ni lire.

Au moment où il traversait le vieux cloître déshonoré et blanchi à la chaux qui sert de promenoir d'hiver, il s'approcha du condamné Ferrari, qui regardait avec attention les énormes barreaux d'une croisée[4]. Claude tenait à la main la petite paire de ciseaux, il la montra à Ferrari en disant : Ce soir je couperai ces barreaux-ci avec ces ciseaux-là.

Ferrari, incrédule, se mit à rire, et Claude aussi.

notes

1. **guenilles :** vieux vêtements usés.
2. *Émile ou De l'éducation* (1762), traité philosophique sur l'éducation de Jean-Jacques Rousseau.
3. **meubles :** « *Se dit de certains objets qu'on peut porter sur soi* » *(Littré)*. En droit, s'oppose à *immeubles*.
4. **croisée :** fenêtre.

Claude Gueux

Ce matin-là, il travailla avec plus d'ardeur qu'à l'ordinaire ; jamais il n'avait fait si vite et si bien. Il parut attacher un certain prix à terminer dans la matinée un chapeau de paille que lui avait payé d'avance un honnête bourgeois de Troyes, M. Bressier.

Un peu avant midi, il descendit sous un prétexte à l'atelier des menuisiers situé au rez-de-chaussée, au-dessous de l'étage où il travaillait. Claude était aimé là comme ailleurs, mais il y entrait rarement. Aussi :

– Tiens ! voilà Claude !

On l'entoura. Ce fut une fête. Claude jeta un coup d'œil rapide dans la salle. Pas un des surveillants n'y était.

– Qui est-ce qui a une hache à me prêter, dit-il !

– Pour quoi faire ? lui demanda-t-on.

Il répondit :

– C'est pour tuer ce soir le directeur des ateliers.

On lui présenta plusieurs haches à choisir. Il prit la plus petite qui était fort tranchante, la cacha dans son pantalon, et sortit. Il y avait là vingt-sept prisonniers. Il ne leur avait pas recommandé le secret. Tous le gardèrent.

Ils ne causèrent même pas de la chose entre eux.

Chacun attendit de son côté ce qui arriverait. L'affaire était terrible, droite et simple. Pas de complication possible. Claude ne pouvait être ni conseillé, ni dénoncé.

Une heure après, il aborda un jeune condamné de seize ans qui bâillait[1] dans le promenoir, et lui conseilla d'apprendre à lire. En ce moment, le détenu Faillette accosta Claude, et lui demanda ce que diable il cachait là dans son pantalon. Claude dit :

– C'est une hache pour tuer M. D. ce soir.

Il ajouta :

– Est-ce que cela se voit ?

– Un peu, dit Faillette.

note

1. **bâillait** : s'ennuyait.

Le reste de la journée fut à l'ordinaire. À sept heures du soir, on renferma les prisonniers, chaque section dans l'atelier qui lui était assigné ; et les surveillants sortirent des salles de travail, comme il paraît que c'est l'habitude, pour ne rentrer qu'après la ronde du directeur.

Claude Gueux fut donc verrouillé comme les autres dans son atelier avec ses compagnons de métier.

passage analysé

Alors il se passa dans cet atelier une scène extraordinaire, une scène qui n'est ni sans majesté ni sans terreur, la seule de ce genre qu'aucune histoire puisse raconter.

Il y avait là, ainsi que l'a constaté l'instruction judiciaire[1] qui a eu lieu depuis, quatre-vingt-deux voleurs, y compris Claude.

Une fois que les surveillants les eurent laissés seuls, Claude se leva debout sur son banc, et annonça à toute la chambrée qu'il avait quelque chose à dire. On fit silence.

Alors Claude haussa la voix et dit :

– Vous savez tous qu'Albin était mon frère. Je n'ai pas assez de ce qu'on me donne ici pour manger. Même en n'achetant que du pain avec le peu que je gagne, cela ne suffirait pas. Albin partageait sa ration avec moi, je l'ai aimé d'abord parce qu'il m'a nourri, ensuite parce qu'il m'a aimé. Le directeur, M. D., nous a séparés, cela ne lui faisait rien que nous fussions ensemble ; mais c'est un méchant homme qui jouit de tourmenter. Je lui ai redemandé Albin. Vous avez vu ? il n'a pas voulu. Je lui ai donné jusqu'au 4 novembre pour me rendre Albin. Il m'a fait mettre au cachot pour avoir dit cela. Moi, pendant ce temps-là, je l'ai jugé et je l'ai condamné à mort, nous sommes au 4 novembre. Il viendra dans deux heures faire sa tournée. Je vous préviens que je vais le tuer. Avez-vous quelque chose à dire à cela ?

Tous gardèrent le silence.

note

1. **instruction judiciaire** : enquête préliminaire à un jugement conduite sous l'autorité du « juge d'instruction ».

Claude Gueux

passage analysé

Claude reprit. Il parla, à ce qu'il paraît, avec une éloquence[1] singulière qui d'ailleurs lui était naturelle. Il déclara qu'il savait bien qu'il allait faire une action violente, mais qu'il ne croyait pas avoir tort. Il attesta[2] la conscience des quatre-vingt-un voleurs qui l'écoutaient. Qu'il était dans une rude extrémité. Que la nécessité de se faire justice soi-même était un cul-de-sac où l'on se trouvait engagé quelquefois. Qu'à la vérité il ne pouvait prendre la vie du directeur sans donner la sienne propre, mais qu'il trouvait bon de donner sa vie pour une chose juste. Qu'il avait mûrement réfléchi, et à cela seulement, depuis deux mois. Qu'il croyait bien ne pas se laisser entraîner par le ressentiment, mais que, dans le cas que cela serait, il suppliait qu'on l'en avertît. Qu'il soumettait honnêtement ses raisons aux hommes justes qui l'écoutaient. Qu'il allait donc tuer M. D., mais que si quelqu'un avait une objection à lui faire il était prêt à l'écouter.

Une voix seulement s'éleva et dit qu'avant de tuer le directeur, Claude devait essayer une dernière fois de lui parler et de le fléchir[3].

– C'est juste, dit Claude, et je le ferai.

Huit heures sonnèrent à la grande horloge. Le directeur devait venir à neuf heures.

Une fois que cette étrange Cour de cassation[4] eut en quelque sorte ratifié[5] la sentence[6] qu'il avait portée, Claude reprit toute sa sérénité. Il mit sur une table tout ce qu'il possédait en linge et en vêtements, la pauvre dépouille du prisonnier, et, appelant l'un après l'autre ceux de ses compagnons qu'il aimait le plus après Albin, il leur distribua tout. Il ne garda que la petite paire de ciseaux.

notes

1. éloquence : art de bien parler.
2. attesta : prit à témoin.
3. fléchir : changer d'avis, revenir sur sa décision.
4. Cour de cassation : juridiction la plus élevée en France, la seule compétente pour modifier un jugement de cour d'assises (le « casser »).
5. ratifié : validé.
6. sentence : décision de justice prise par un tribunal.

Claude Gueux

passage analysé

Puis il les embrassa tous. Quelques-uns pleuraient, il souriait à ceux-là.

Il y eut dans cette heure dernière des instants où il causa avec tant de tranquillité et même de gaieté, que plusieurs de ses camarades espéraient intérieurement, comme ils l'ont déclaré depuis, qu'il abandonnerait peut-être sa résolution. Il s'amusa même une fois à éteindre une des rares chandelles qui éclairaient l'atelier avec le souffle de sa narine, car il avait de mauvaises habitudes d'éducation qui dérangeaient sa dignité naturelle plus souvent qu'il n'aurait fallu. Rien ne pouvait faire que cet ancien gamin de rues n'eût point par moments l'odeur du ruisseau[1] de Paris.

Il aperçut un jeune condamné qui était pâle, qui le regardait avec des yeux fixes, et qui tremblait, sans doute de l'attente de ce qu'il allait voir.

– Allons, du courage, jeune homme ! lui dit Claude doucement, ce ne sera que l'affaire d'un instant.

Quand il eut distribué toutes ses hardes[2], fait tous ses adieux, serré toutes les mains, il interrompit quelques causeries inquiètes qui se faisaient çà et là dans les coins obscurs de l'atelier, et il commanda qu'on se remît au travail. Tous obéirent en silence.

suite, p. 47

notes

1. ruisseau : caniveau, origine misérable (sens figuré).

2. hardes : vêtements usés, de piètre qualité.

Une « étrange Cour de cassation »

Lecture analytique de l'extrait, p. 33, l. 356, à p. 35, l. 427.

Nous sommes ici proches de la fin du récit : Claude a jugé le directeur et l'a condamné à mort. Enfermé avec les autres détenus dans l'atelier, sans aucun gardien et peu avant la visite d'inspection du directeur, il s'adresse aux prisonniers et leur soumet sa décision.

C'est un moment d'une rare intensité au cours duquel Victor Hugo construit un épisode exemplaire. À la manière du peintre David, il idéalise la situation, en lui donnant un accent grave et pathétique. La tension monte, devient presque palpable, et, par petites touches successives, Claude Gueux est érigé en personnage symbolique de martyr, prêt à mourir pour faire triompher une idée juste.

C'est d'abord un long plaidoyer* en deux temps, au discours direct et indirect, au cours duquel Claude remet en jeu sa décision, pèse le pour et le contre et demande l'avis de ses camarades.

Ensuite, le narrateur fait apparaître Claude comme un martyr volontaire, qui se sacrifie pour une juste cause. Sa sagesse et sa sérénité sont mises en scène dans une dramaturgie qui n'est pas sans évoquer le dernier repas du Christ ou la mort de Socrate, deux sages universels.

Enfin, les valeurs sociales s'inversent : la justice balance du côté des réprouvés et la société est mise en accusation par les voleurs devenus des « hommes justes ».

Une argumentation

❶ Quels sont les deux moments du discours de Claude Gueux ? Sur quoi chacun portent-ils ?

❷ Quels arguments Claude cite-t-il en faveur de sa décision ?

* *Cf.* Lexique.

extrait, p. 33, l. 356, à p. 35, l. 427

❸ À quel procédé rhétorique* fait-il appel dans la seconde partie de son discours, pour obtenir l'assentiment de son auditoire ?

Une mise en scène symbolique

❹ Peut-on dire que les termes « *majesté* » et « *terreur* » se complètent ? Correspondent-ils à la scène ?
❺ Quelles sont les réactions de l'auditoire au discours de Claude Gueux ? Comment évoluent-elles ? Quels sentiments traduisent-elles ?
❻ Quels indices témoignent de la générosité et de la sérénité de Claude ?
❼ En quoi peut-on dire que cette scène érige Claude en martyr ?

Une « étrange cour de cassation » : l'inversion des valeurs

❽ Relevez le champ lexical* du droit. Qui juge et qui est jugé ici ? Pourquoi ?
❾ De quoi le directeur est-il qualifié ? En quoi s'oppose-t-il aux détenus ?
❿ Comment se comportent les « *quatre-vingt-un voleurs* » ? Cette scène est-elle vraisemblable ? Quel est le sens de cette mise en scène ?
⓫ En quoi cet extrait peut-il apparaître comme une mise en accusation de la société ?

* *Cf.* Lexique.

Sacrifice, révolte et vérité

Lectures croisées et travaux d'écriture

La question du sacrifice est au cœur de ce corpus et pose la question de la valeur de vérité suprême que ce geste confère à l'idée au nom de laquelle on se sacrifie. Présentes dans *Claude Gueux*, ces questions trouvent une autre incarnation dans *Les Misérables*, en la personne de Jean Valjean. Or on ne peut comprendre ces deux figures hugoliennes que si on les rapproche de deux des plus marquants « sacrifiés » de notre histoire : le Christ et Socrate.

Éclairer les deux œuvres de Victor Hugo à la lumière des ces deux figures historiques, c'est tenter de comprendre l'interprétation qui pouvait être faite de la passion du Christ ou de la mort de Socrate par la génération romantique, qui voyait en eux des modèles mais aussi des révoltés.

Nous nous attacherons donc à identifier les similitudes de mise en scène, la mise en valeur du héros sacrifié (notamment dans l'étude de la composition du tableau), ainsi que les similitudes d'écriture (présence d'argumentation et explication du sens de son choix par celui qui se sacrifie). Sans oublier la présence constante de témoins, sans qui (hormis pour le sacrifié lui-même) le récit du sacrifice n'existerait pas et resterait sans portée.

Texte A : Extrait de *Claude Gueux* de Victor Hugo (p. 33, l. 356, à p. 35, l. 427)

Texte B : Évangile selon Matthieu

Cet extrait de l'Évangile de Matthieu montre Jésus prenant son dernier repas en compagnie de ses plus proches disciples, les douze apôtres. Jésus annonce qu'il va être trahi et qu'il va mourir. Il l'accepte, mesure toute la portée symbolique de cette acceptation et saisit l'occasion pour délivrer un dernier enseignement à ses disciples, celui de la cène qui donne le sens de

son martyr. Ce texte fondateur est évidemment le grand modèle de tout martyr. Ce qui frappe, ce sont d'abord la sérénité et l'autorité naturelle du Christ, sa sagesse, qui s'expriment dans un verbe simple et précis, et dont on retrouve les accents, remodelés par Victor Hugo, dans **Claude Gueux** ***comme dans*** **Les Misérables.**

Préparation du repas pascal

17 Le premier jour des pains sans levain, les disciples vinrent dire à Jésus :
« Où veux-tu que nous te préparions le repas de la Pâque ? » 18 Il dit :
« Allez à la ville chez un tel et dites-lui : "Le Maître dit : Mon temps est
proche, c'est chez toi que je célèbre la Pâque avec mes disciples." » 19 Les
disciples firent comme Jésus le leur avait prescrit et préparèrent la Pâque.

Désignation du traître

20 Le soir venu, il était à table avec les Douze[1]. 21 Pendant qu'ils
mangeaient, il dit : « En vérité, je vous le déclare, l'un de vous va me
livrer. » 22 Profondément attristés, ils se mirent chacun à lui dire :
« Serait-ce moi, Seigneur ? » 23 En réponse, il dit : « Il a plongé la main
avec moi dans le plat, celui qui va me livrer. 24 Le Fils de l'homme s'en va
selon ce qui est écrit de lui ; mais malheureux l'homme par qui le Fils de
l'homme est livré ! Il aurait mieux valu pour lui qu'il ne fût pas né, cet
homme-là ! » 25 Judas, qui le livrait, prit la parole et dit : « Serait-ce moi,
rabbi[2] ? » Il lui répond : « Tu l'as dit ! »

Le dernier repas. Institution de l'Eucharistie

26 Pendant le repas, Jésus prit du pain et, après avoir prononcé la
bénédiction, il le rompit ; puis, le donnant aux disciples, il dit : « Prenez,
mangez, ceci est mon corps. » 27 Puis il prit une coupe et, après avoir rendu
grâce, il la leur donna en disant : « Buvez-en tous, 28 car ceci est mon sang,
le sang de l'Alliance[3], versé pour la multitude, pour le pardon des péchés.
29 Je vous le déclare : je ne boirai plus désormais de ce fruit de la vigne
jusqu'au jour où je le boirai, nouveau, avec vous dans le Royaume de mon
Père. »

Annonce du reniement de Pierre

30 Après avoir chanté les psaumes, ils sortirent pour aller au mont des
Oliviers[4]. 31 Alors Jésus leur dit : « Cette nuit même, vous allez tous tomber
à cause de moi. Il est écrit, en effet : *Je frapperai le berger et les brebis du
troupeau seront dispersées.* 32 Mais, une fois ressuscité, je vous précéderai

en Galilée[5]. » [33] Prenant la parole, Pierre lui dit : « Même si tous tombent à cause de toi, moi je ne tomberai jamais. » [34] Jésus lui dit : « En vérité, je te le déclare, cette nuit même, avant que le coq chante, tu m'auras renié trois fois. » [35] Pierre lui dit : « Même s'il faut que je meure avec toi, non, je ne te renierai pas. » Et tous les disciples en dirent autant.

Nouveau Testament, *Évangile selon Matthieu*, 26.17-35, traduction œcuménique de la Bible, Société biblique française - Éditions du Cerf, 1988.

1. **les Douze** : les douze apôtres, premiers disciples de Jésus.
2. **rabbi** : chef religieux d'une communauté juive. Cette appellation marque un très grand respect.
3. **l'Alliance** : pacte entre Dieu et les hommes. C'est ici la nouvelle Alliance ; la première est intervenue après l'épisode du Déluge, dans la *Genèse*, et est manifestée par l'apparition de l'arc-en-ciel.
4. **mont des Oliviers** : colline à l'est de Jérusalem, où Jésus a prononcé une prophétie, avant le dernier repas.
5. **Galilée** : région du Nord de la Palestine où se déroule la prédication de Jésus.

Texte C : Platon, *Criton*

La tradition se représente le philosophe grec Socrate (470-399 av. J.-C.) comme un homme simple et sage, allant pieds nus dans la ville d'Athènes et recommandant aux hommes de chercher la vérité. Sa philosophie s'exprime sous la forme de dialogues, retranscrits par son disciple Platon. Accusé d'adorer de faux dieux et de corrompre la jeunesse, il fut condamné par un tribunal populaire d'Athènes. Dans sa cellule, il refusa de s'enfuir et ne demanda pas la commutation de la sentence de mort en une sentence d'exil car il préférait mourir qu'abjurer la vérité. Sa mort est considérée comme l'acte de naissance de la philosophie.

Dans cet extrait, Socrate, emprisonné, répond à son ami Criton venu le supplier de sauver sa vie en demandant sa grâce ou en fuyant. Socrate lui répond en donnant la parole aux lois de la cité. Il semble alors s'interroger lui-même, pour montrer que la fuite reviendrait à se discréditer, c'est-à-dire à faire passer la vérité pour le mensonge.

Une fois que tu auras transgressé ces engagements et que tu auras commis une faute sur un point ou sur un autre, quel avantage apporteras-tu à toi-même ou à tes amis ? Que ces gens qui sont tes amis courent bien eux aussi le risque d'être exilés, d'être privés de leur droit de cité ou de perdre leurs biens, la chose est assez claire. Et toi-même, à supposer que tu te rendes dans l'une des villes les plus proches, Thèbes ou Mégare, deux villes qui ont de bonnes lois, tu y arriveras, Socrate, en ennemi de leur Constitution, et tous ceux qui là-bas ont souci de leur cité te regarderont avec soupçon en te considérant comme un corrupteur des lois. Quant à tes juges, tu les confirmeras dans leur opinion, en faisant qu'ils estimeront que c'est à bon droit qu'ils ont rendu leur jugement. En effet, quiconque est un corrupteur des lois a, je suppose, de fortes chances de passer pour un corrupteur de jeunes gens et d'esprits faibles. Faudra-t-il donc que tu évites les cités qui ont de bonnes lois et les hommes qui sont attachés au bon ordre ? Et si tu te conduis ainsi, ta vie vaudra-t-elle d'être vécue ? Peut-être approcheras-tu ces gens-là et auras-tu le front de discuter avec eux. De quoi, Socrate ? De ce qui faisait ici l'objet de tes discussions, à savoir que la vertu et la justice sont ce qu'il y a de plus estimable pour l'homme, et qu'il en va de même pour les coutumes et pour les lois. Et ne crois-tu pas que le comportement de ce Socrate paraîtrait indécent ? Qui pourrait en douter ? Mais peut-être te détourneras-tu de ces cités-là pour te rendre en Thessalie[1], chez les hôtes de Criton ? C'est là, en effet, que le dérèglement et le désordre sont à leur comble. Et peut-être y prendrait-on plaisir à t'entendre raconter de quelle façon bouffonne tu t'es évadé de prison, revêtu d'un déguisement d'une peau de bête ou d'un autre travestissement habituellement utilisé par les esclaves qui s'enfuient, bref en ayant modifié l'aspect qui est le tien. Que vieux déjà, alors qu'il te reste vraisemblablement peu de temps à vivre, tu aies l'audace de t'accrocher avec une telle avidité à la vie, en transgressant les lois les plus importantes, est-ce là quelque chose dont personne ne parlera ? Peut-être, à la rigueur, si tu n'offenses personne ? Autrement, Socrate, il te faudra entendre raconter beaucoup d'indignités sur ton compte. Ce sera donc en flattant tout le monde et en te conduisant comme un esclave que tu vivras dès lors. Et en faisant quoi, sinon en festinant[2] en Thessalie, comme si tu étais allé là-bas invité à un banquet. Et ces propos que tu nous tenais sur la justice et sur les autres vertus, où seront-ils ?

Platon, *Criton*, traduction de Luc Brisson, Flammarion, 1997.

1. **Thessalie** : l'une des 9 régions grecques.
2. **festinant** : festoyant (mot familier).

Texte D : Victor Hugo, *Les Misérables*

L'ancien forçat Jean Valjean, repenti, est devenu un notable sous l'identité de M. Madeleine, maire de Montreuil. Propriétaire d'une filature, il est désormais un homme de bien, un modèle apprécié de tous. Ayant appris par

le policier Javert qu'un homme va être jugé à sa place, et après une dramatique délibération intérieure, il fait ce qu'il doit : il va se dénoncer pour sauver l'homme accusé à tort. Dans cet extrait, il saisit la tribune qui lui est offerte pour expliquer le sens de son sacrifice.

Ce que je fais en ce moment, Dieu, qui est là-haut, le regarde, et cela suffit. Vous pouvez me prendre, puisque me voilà. J'avais pourtant fait de mon mieux. Je me suis caché sous un nom ; je suis devenu riche, je suis devenu maire ; j'ai voulu rentrer parmi les honnêtes gens. Il paraît que cela ne se peut pas. Enfin, il y a bien des choses que je ne puis dire, je ne vais pas vous raconter ma vie, un jour on saura. J'ai volé monseigneur l'évêque, cela est vrai ; j'ai volé Petit-Gervais, cela est vrai. On a eu raison de vous dire que Jean Valjean était un malheureux très méchant. Toute la faute n'est peut-être pas à lui. Écoutez, messieurs les juges, un homme aussi abaissé que moi n'a pas de remontrance à faire à la providence ni de conseil à donner à la société ; mais, voyez-vous, l'infamie d'où j'avais essayé de sortir est une chose nuisible. Les galères font le galérien. Recueillez cela, si vous voulez. Avant le bagne, j'étais un pauvre paysan très peu intelligent, une espèce d'idiot ; le bagne m'a changé. J'étais stupide, je suis devenu méchant ; j'étais bûche, je suis devenu tison. Plus tard l'indulgence et la bonté m'ont sauvé, comme la sévérité m'avait perdu. Mais, pardon, vous ne pouvez pas comprendre ce que je dis là.

Vous trouverez chez moi, dans les cendres de la cheminée, la pièce de quarante sous que j'ai volée il y a sept ans à Petit-Gervais. Je n'ai plus rien à ajouter. Prenez-moi. Mon Dieu ! monsieur l'avocat général remue la tête, vous dites : M. Madeleine est devenu fou, vous ne me croyez pas ! Voilà qui est affligeant. N'allez point condamner cet homme au moins ! Quoi ! ceux-ci ne me reconnaissent pas ! Je voudrais que Javert fût ici. Il me reconnaîtrait, lui !

Rien ne pourrait rendre ce qu'il y avait de mélancolie bienveillante et sombre dans l'accent qui accompagnait ces paroles.

Il se tourna vers les trois forçats :

– Eh bien, je vous reconnais, moi ! Brevet ! vous rappelez-vous ?...

Il s'interrompit, hésita un moment, et dit :

– Te rappelles-tu ces bretelles en tricot à damier que tu avais au bagne ?

Brevet eut comme une secousse de surprise et le regarda de la tête aux pieds d'un air effrayé. Lui continua :

– Chenildieu, qui te surnommais toi-même Je-nie-Dieu, tu as toute l'épaule droite brûlée profondément, parce que tu t'es couché un jour l'épaule sur un réchaud plein de braise, pour effacer les trois lettres T.F.P., qu'on y voit toujours cependant. Réponds, est-ce vrai ?

– C'est vrai, dit Chenildieu.

Il s'adressa à Cochepaille.

– Cochepaille, tu as près de la saignée du bras gauche une date gravée en lettres bleues avec de la poudre brûlée. Cette date, c'est celle du débarquement de l'Empereur à Cannes, *1er mars 1815*. Relève ta manche.

Cochepaille releva sa manche, tous les regards se penchèrent autour de lui sur son bras nu. Un gendarme approcha une lampe ; la date y était.

Le malheureux homme se tourna vers l'auditoire et vers les juges avec un sourire dont ceux qui l'ont vu sont encore navrés lorsqu'ils y songent. C'était le sourire du triomphe, c'était aussi le sourire du désespoir.

– Vous voyez bien, dit-il, que je suis Jean Valjean.

Il n'y avait plus dans cette enceinte ni juges, ni accusateurs, ni gendarmes ; il n'y avait que des yeux fixes et des cœurs émus. Personne ne se rappelait plus le rôle que chacun pouvait avoir à jouer ; l'avocat général oubliait qu'il était là pour requérir, le président qu'il était là pour présider, le défenseur qu'il était là pour défendre. Chose frappante, aucune question ne fut faite, aucune autorité n'intervint. Le propre des spectacles sublimes, c'est de prendre toutes les âmes et de faire de tous les témoins des spectateurs. Aucun peut-être ne se rendait compte de ce qu'il éprouvait ; aucun, sans doute, ne se disait qu'il voyait resplendir là une grande lumière ; tous intérieurement se sentaient éblouis.

Il était évident qu'on avait sous les yeux Jean Valjean. Cela rayonnait. L'apparition de cet homme avait suffi pour remplir de clarté cette aventure si obscure le moment d'auparavant. Sans qu'il fût besoin d'aucune explication désormais, toute cette foule, comme par une sorte de révélation électrique, comprit tout de suite et d'un seul coup d'œil cette simple et magnifique histoire d'un homme qui se livrait pour qu'un autre homme ne fût pas condamné à sa place. Les détails, les hésitations, les petites résistances possibles se perdirent dans ce vaste fait lumineux.

Victor Hugo, *Les Misérables*, première partie,
livre septième, extrait du chapitre XI, 1862.

Document : Jacques Louis David, *La Mort de Socrate* (1787)

Jacques Louis David (1748-1825), peintre néoclassique, ami et admirateur de Robespierre, puis peintre officiel de l'Empire, s'inspire de sujets historiques pour formuler une morale révolutionnaire. Ici, il saisit le philosophe Socrate, symbole de la philosophie et martyr universel de la défense de la vérité, au moment ultime où il va s'empoisonner en buvant la ciguë.

Corpus

Texte A : Extrait de *Claude Gueux* de Victor Hugo (p. 33, l. 356, à p. 35, l. 427).
Texte B : Extrait de l'Évangile selon Matthieu (pp. 38-40).
Texte C : Extrait du *Criton* de Platon (pp. 40-41).
Texte D : Extrait des *Misérables* de Victor Hugo (pp. 41-43).
Document : *La Mort de Socrate* par Jacques Louis David (p. 44).

Examen des textes et de l'image

❶ Quels sont les points communs entre les personnages des quatre textes du corpus ?
❷ Comparez les interventions du narrateur dans les textes de Hugo (textes A et D) et dans les extraits des Évangiles (texte B) et du *Criton* (texte C). Que constatez-vous ? Quelles conclusions pouvez-vous en tirer ?
❸ Comment reconnaît-on Socrate dans le tableau de David (document) ?
❹ En quelle mesure peut-on dire que Socrate a une attitude radicalement différente de celle de son entourage (document) ?
❺ Retrouvez-vous, dans les textes B et C, ces différences d'attitude entre le personnage qui se sacrifie et ceux qui assistent à son acte ? Qu'en concluez-vous ?
❻ Comparez les auditoires de Jean Valjean (texte D) et de Claude Gueux (texte A). Qu'ont-ils en commun ? Peut-on rapprocher leurs réactions et leurs sentiments ? Que peut-on en conclure sur le jugement porté par l'auteur sur son personnage ?
❼ Le tableau de David (document) pourrait-il illustrer les deux passages de Victor Hugo (textes A et D) cités dans ce corpus ?

Travaux d'écriture

Question préliminaire

D'après les extraits de ce corpus et le document, en quelle mesure peut-on dire que celui qui se sacrifie se révolte contre l'ordre social existant ?

Commentaire

Vous ferez le commentaire de l'extrait des *Misérables* de Victor Hugo (texte D).

Dissertation

Pensez-vous que le sacrifice soit encore, de nos jours, un sujet d'inspiration pour les écrivains, les cinéastes et les artistes ? Vous répondrez à cette question en vous appuyant sur des exemples précis, choisis parmi vos lectures et les films et les œuvres que vous avez vus.

Écriture d'invention

À la manière de Victor Hugo dans *Claude Gueux*, racontez un épisode dans lequel un personnage sacrifie ses intérêts immédiats au profit d'une cause juste. Vous vous attacherez à le décrire de manière à mettre en valeur ses qualités morales et à lui donner la parole au discours direct ou indirect.

Claude Gueux

L'atelier où ceci se passait était une salle oblongue, un long parallélogramme percé de fenêtres sur ses deux grands côtés, et de deux portes qui se regardaient à ses deux extrémités. Les métiers étaient rangés de chaque côté près des fenêtres, les bancs touchant le mur à angle droit, et l'espace resté libre entre les deux rangées de métiers formait une espèce de longue voie qui allait en ligne droite de l'une des portes à l'autre et traversait ainsi toute la salle. C'était cette longue voie, assez étroite, que le directeur avait à parcourir en faisant son inspection ; il devait entrer par la porte sud et ressortir par la porte nord, après avoir regardé les travailleurs à droite et à gauche. D'ordinaire il faisait ce trajet assez rapidement et sans s'arrêter.

Claude s'était replacé lui-même à son banc et il s'était remis au travail, comme Jacques Clément[1] se fût remis à la prière.

Tous attendaient. Le moment approchait. Tout à coup on entendit un coup de cloche. Claude dit : C'est l'avant-quart. Alors il se leva, traversa gravement une partie de la salle, et alla s'accouder sur l'angle du premier métier à gauche, tout à côté de la porte d'entrée. Son visage était parfaitement calme et bienveillant.

Neuf heures sonnèrent. La porte s'ouvrit. Le directeur entra.

En ce moment-là, il se fit dans l'atelier un silence de statues.

Le directeur était seul comme d'habitude.

Il entra avec sa figure joviale, satisfaite et inexorable, ne vit pas Claude qui était debout à gauche de la porte, la main droite cachée dans son pantalon, et passa rapidement devant les premiers métiers, hochant la tête, mâchant ses paroles, et jetant çà et là son regard banal, sans s'apercevoir que tous les yeux qui l'entouraient étaient fixés sur une idée terrible.

Tout à coup il se détourna brusquement, surpris d'entendre un pas derrière lui.

note

1. **Jacques Clément :** moine dominicain français fanatique qui assassina le roi Henri III en 1589 (durant les guerres de Religion) avec l'approbation de nombreux catholiques dont le pape.

Claude Gueux

C'était Claude qui le suivait en silence depuis quelques instants.

– Que fais-tu là, toi ? dit le directeur ; pourquoi n'es-tu pas à ta place ?

Car un homme n'est plus un homme là, c'est un chien, on le tutoie.

Claude Gueux répondit respectueusement :

– C'est que j'ai à vous parler, Monsieur le directeur.

– De quoi ?

– D'Albin.

– Encore ! dit le directeur.

– Toujours ! dit Claude.

– Ah çà, reprit le directeur continuant de marcher, tu n'as donc pas eu assez de vingt-quatre heures de cachot ?

Claude répondit en continuant de le suivre :

– Monsieur le directeur, rendez-moi mon camarade.

– Impossible.

– Monsieur le directeur, dit Claude avec une voix qui eût attendri le démon, je vous en supplie, remettez Albin avec moi, vous verrez comme je travaillerai bien. Vous qui êtes libre, cela vous est égal, vous ne savez pas ce que c'est qu'un ami ; mais, moi, je n'ai que les quatre murs de la prison. Vous pouvez aller et venir, vous ; moi, je n'ai qu'Albin. Rendez-le-moi. Albin me nourrissait, vous le savez bien. Cela ne vous coûterait que la peine de dire oui. Qu'est-ce que cela vous fait qu'il y ait dans la même salle un homme qui s'appelle Claude Gueux et un autre qui s'appelle Albin. Car ce n'est pas plus compliqué que cela. Monsieur le directeur, mon bon Monsieur D., je vous supplie vraiment au nom du Ciel !

Claude n'en avait peut-être jamais tant dit à la fois à un geôlier. Après cet effort, épuisé, il attendit. Le directeur répliqua avec un geste d'impatience :

– Impossible. C'est dit. Voyons, ne m'en reparle plus. Tu m'ennuies.

Et comme il était pressé, il doubla le pas. Claude aussi. En parlant ainsi, ils étaient arrivés tous deux près de la porte de sortie ; les quatre-vingts[1] voleurs regardaient et écoutaient, haletants.

Claude toucha doucement le bras du directeur.

– Mais au moins que je sache pourquoi je suis condamné à mort. Dites-moi pourquoi vous l'avez séparé de moi ?

– Je te l'ai déjà dit, répondit le directeur. Parce que.

Et tournant le dos à Claude, il avança la main vers le loquet de la porte de sortie.

À la réponse du directeur, Claude avait reculé d'un pas. Les quatre-vingts statues qui étaient là virent sortir de son pantalon sa main droite avec la hache. Cette main se leva, et avant que le directeur eût pu pousser un cri, trois coups de hache, chose affreuse à dire, assénés[2] dans la même entaille, lui avaient ouvert le crâne. Au moment où il tombait à la renverse, un quatrième coup lui balafra le visage ; puis, comme une fureur lancée ne s'arrête pas court, Claude Gueux lui fendit la cuisse d'un cinquième coup inutile. Le directeur était mort.

Alors Claude jeta la hache et cria : *À l'autre maintenant !* L'autre, c'était lui. On le vit tirer de sa veste les petits ciseaux de « sa femme », et, sans que personne songeât à l'en empêcher, il se les enfonça dans la poitrine. La lame était courte, la poitrine était profonde. Il y fouilla longtemps et à plus de vingt reprises en criant : « Cœur de damné, je ne te trouverai donc pas ! » Et enfin il tomba baigné dans son sang, évanoui sur le mort.

Lequel des deux était la victime de l'autre ?

Quand Claude reprit connaissance, il était dans un lit, couvert de linges et de bandages, entouré de soins. Il avait auprès de son chevet de bonnes sœurs de charité, et de plus un juge

notes

1. Erreur de Victor Hugo qui compte 81 voleurs à la page 34.

2. **assénés :** frappés avec violence.

Claude Gueux

d'instruction qui instrumentait[1] et qui lui demanda avec beaucoup d'intérêt :

– *Comment vous trouvez-vous ?*

Il avait perdu une grande quantité de sang ; mais les ciseaux avec lesquels il avait eu la superstition touchante de se frapper avaient mal fait leur devoir, aucun des coups qu'il s'était portés n'était dangereux. Il n'y avait de mortelles pour lui que les blessures qu'il avait faites à M. D.

Les interrogatoires commencèrent. On lui demanda si c'était lui qui avait tué le directeur des ateliers de la prison de Clairvaux. Il répondit : *Oui*. On lui demanda pourquoi. Il répondit : *Parce que*.

Cependant, à un certain moment ses plaies s'envenimèrent ; il fut pris d'une fièvre mauvaise dont il faillit mourir.

Novembre, décembre, janvier et février se passèrent en soins et en préparatifs. Médecins et juges s'empressaient autour de Claude ; les uns guérissaient ses blessures, les autres dressaient son échafaud[2].

Abrégeons. Le 16 mars 1832, il parut, étant parfaitement guéri, devant la cour d'assises[3] de Troyes. Tout ce que la ville peut donner de foule était là.

Claude eut une bonne attitude devant la cour ; il s'était fait raser avec soin, il avait la tête nue, il portait ce morne habit des prisonniers de Clairvaux, mi-parti de deux espèces de gris[4].

Le procureur[5] du roi avait encombré la salle de toutes les baïonnettes[6] de l'arrondissement, « afin, dit-il à l'audience[7], de contenir tous les scélérats qui devaient figurer comme témoins dans cette affaire ».

notes

1. **instrumentait :** dressait un procès-verbal (terme de droit).
2. **échafaud :** plate-forme en charpente destinée à l'exécution des condamnés.
3. **cour d'assises :** tribunal qui juge les crimes et où la sentence est décidée par un jury populaire.
4. **mi-parti de deux espèces de gris :** composé de deux nuances de gris.
5. **procureur :** dans un tribunal, personne qui porte l'accusation.
6. **baïonnettes :** couteaux de soldat que l'on peut assujettir à l'extrémité des fusils pour la charge. La salle est remplie de soldats.
7. **audience :** séance au cours d'un procès.

Lorsqu'il fallut entamer le débat, il se présenta une difficulté singulière. Aucun des témoins des événements du 4 novembre ne voulait déposer[1] contre Claude. Le président les menaça de son pouvoir discrétionnaire[2]. Ce fut en vain. Claude alors leur commanda de déposer. Toutes les langues se délièrent. Ils dirent ce qu'ils avaient vu.

Claude les écoutait tous avec une profonde attention. Quand l'un d'eux, par oubli, ou par affection pour Claude, omettait des faits à la charge de l'accusé, Claude les rétablissait.

De témoignage en témoignage, la série des faits que nous venons de développer se déroula devant la cour.

Il y eut un moment où les femmes qui étaient là pleurèrent. L'huissier appela le condamné Albin. C'était son tour de déposer. Il entra en chancelant ; il sanglotait. Les gendarmes ne purent empêcher qu'il n'allât tomber dans les bras de Claude. Claude le soutint et dit en souriant au procureur du roi : « Voilà un scélérat qui partage son pain avec ceux qui ont faim. » Puis il baisa la main d'Albin.

La liste des témoins épuisée, M. le procureur du roi se leva et prit la parole en ces termes : « Messieurs les jurés, la société serait ébranlée jusque dans ses fondements, si la vindicte publique[3] n'atteignait pas les grands coupables comme celui qui, etc. ».

Après ce discours mémorable, l'avocat de Claude parla. La plaidoirie contre et la plaidoirie pour firent, chacune à leur tour, les évolutions qu'elles ont coutume de faire dans cette espèce d'hippodrome[4] que l'on appelle un procès criminel.

Claude jugea que tout n'était pas dit. Il se leva à son tour. Il parla de telle sorte qu'une personne intelligente qui assistait à cette audience s'en revint frappée d'étonnement. Il paraît que ce

notes

1. déposer : témoigner.
2. discrétionnaire : illimité.
3. vindicte publique : poursuite et punition des crimes par l'autorité au nom de la société (terme de droit).
4. hippodrome : terrain où se déroulent les courses de chevaux. L'emploi de ce terme vise à critiquer l'action de la justice, assimilée à un spectacle et à un jeu de hasard.

Claude Gueux

pauvre ouvrier contenait bien plutôt un orateur qu'un assassin. Il parla debout, avec une voix pénétrante et bien ménagée, avec un œil clair, honnête et résolu, avec un geste presque toujours le même, mais plein d'empire[1]. Il dit les choses comme elles étaient, simplement, sérieusement, sans charger ni amoindrir, convint de tout, regarda l'article 296[2] en face, et posa sa tête dessous. Il eut des moments de véritable haute éloquence qui faisaient remuer la foule, et où l'on se répétait à l'oreille dans l'auditoire ce qu'il venait de dire. Cela faisait un murmure pendant lequel Claude reprenait haleine en jetant un regard fier sur les assistants. Dans d'autres instants, cet homme, qui ne savait pas lire, était doux, poli, choisi[3] comme un lettré ; puis, par moments encore, modeste, mesuré, attentif, marchant pas à pas dans la partie irritante de la discussion, bienveillant pour les juges. Une fois seulement, il se laissa aller à une secousse de colère. Le procureur du roi avait établi, dans le discours que nous avons cité en entier[4], que Claude Gueux avait assassiné le directeur des ateliers sans voie de fait ni violence de la part du directeur, par conséquent *sans provocation*.

– Quoi ! s'écria Claude, je n'ai pas été provoqué ! Ah ! oui, vraiment, c'est juste. Je vous comprends. Un homme ivre me donne un coup de poing, je le tue, j'ai été provoqué, vous me faites grâce, vous m'envoyez aux galères[5]. Mais un homme qui n'est pas ivre et qui a toute sa raison me comprime le cœur pendant quatre ans, m'humilie pendant quatre ans, me pique tous les jours, toutes les heures, toutes les minutes, d'un coup d'épingle à quelque place inattendue pendant quatre ans ! J'avais

notes

1. empire : autorité.
2. article 296 : article du Code pénal qui stipule que « *tout meurtre commis avec préméditation ou par guet-apens est qualifié assassinat* ». À l'époque, cela entraîne la condamnation à mort de son auteur sans possibilité de grâce royale.
3. choisi : ellipse pour « Il parlait un langage très précis et châtié, donc choisi ».
4. en entier : le discours n'est pas cité *in extenso* ; cette précision est un trait ironique contre les magistrats.
5. galères : navires de la marine de guerre qui étaient actionnés par des rameurs condamnés à une peine de « galère ».

une femme pour qui j'ai volé, il me torture avec cette femme ; j'avais un enfant pour qui j'ai volé, il me torture avec cet enfant ; je n'ai pas assez de pain, un ami m'en donne, il m'ôte mon ami et mon pain. Je redemande mon ami, il me met au cachot. Je lui dis *vous*, à lui mouchard, il me dit *tu*. Je lui dis que je souffre, il me dit que je l'ennuie. Alors que voulez-vous que je fasse ? Je le tue. C'est bien, je suis un monstre, j'ai tué cet homme, je n'ai pas été provoqué, vous me coupez la tête. Faites ! – Mouvement sublime, selon nous, qui faisait tout à coup surgir, au-dessus du système de provocation matérielle, sur lequel s'appuie l'échelle mal proportionnée des circonstances atténuantes[1], toute une théorie de la provocation morale oubliée par la loi.

Les débats fermés, le président fit son résumé impartial[2] et lumineux. Il en résulta ceci : une vilaine vie ; un monstre en effet ; Claude Gueux avait commencé par vivre en concubinage[3] avec une fille publique ; puis il avait volé ; puis il avait tué. Tout cela était vrai.

Au moment d'envoyer les jurés dans leur chambre[4], le président demanda à l'accusé s'il avait quelque chose à dire sur la position des questions[5].

– Peu de chose, dit Claude. Voici, pourtant. Je suis un voleur et un assassin. J'ai volé et j'ai tué. Mais pourquoi ai-je volé ? pourquoi ai-je tué ? Posez ces deux questions à côté des autres, messieurs les jurés.

Après un quart d'heure de délibération, sur la déclaration des douze Champenois[6] qu'on appelait *messieurs les jurés*, Claude Gueux fut condamné à mort.

notes

1. circonstances atténuantes : faits qui sont de nature à diminuer la gravité du crime commis (terme de droit).
2. impartial : sans parti pris, juste, équilibré.
3. vivre en concubinage : vivre en ménage sans être marié.
4. chambre : les jurés délibèrent à huis clos, dans une pièce prévue à cet effet.
5. la position des questions : les jurés doivent répondre à des questions telles que « L'accusé est-il coupable ? », « L'accusé peut-il bénéficier des circonstances atténuantes ? » (terme de droit).
6. douze Champenois : les jurés sont recrutés par tirage au sort parmi la population locale.

Claude Gueux

Il est certain que, dès l'ouverture des débats, plusieurs d'entre eux avaient remarqué que l'accusé s'appelait *Gueux*[1], ce qui leur avait fait une impression profonde.

On lut son arrêt[2] à Claude, qui se contenta de dire : *C'est bien. Mais pourquoi cet homme a-t-il volé ? Pourquoi cet homme a-t-il tué ? Voilà deux questions auxquelles ils ne répondent pas.*

« La Cour », lithographie de Daumier.

notes

1. ***Gueux*** : celui qui vit de la mendicité, parfois en rusant pour duper ceux à qui il demande la charité.

2. **arrêt** : sentence, décision de justice.

Claude Gueux

passage analysé

Rentré dans la prison, il soupa gaiement et dit : Trente-six ans de faits[1] !

Il ne voulait pas se pourvoir en cassation[2]. Une des sœurs qui l'avaient soigné vint l'en prier avec larmes. Il se pourvut par complaisance pour elle. Il paraît qu'il résista jusqu'au dernier instant, car au moment où il signa son pourvoi sur le registre du greffe[3], le délai légal des trois jours était expiré depuis quelques minutes. La pauvre fille reconnaissante lui donna cinq francs. Il prit l'argent et la remercia.

Pendant que son pourvoi pendait[4], des offres d'évasion lui furent faites par les prisonniers de Troyes, qui s'y dévouaient tous. Il refusa. Les détenus jetèrent successivement dans son cachot par le soupirail[5] un clou, un morceau de fil de fer et une anse de seau. Chacun de ces trois outils eût suffi, à un homme aussi intelligent que l'était Claude, pour limer ses fers[6]. Il remit l'anse, le fil de fer et le clou au guichetier.

Le 8 juin 1832, sept mois et quatre jours après le fait, l'expiation[7] arriva, *pede claudo*[8], comme on voit. Ce jour-là, à sept heures du matin, le greffier[9] du tribunal entra dans le cachot de Claude, et lui annonça qu'il n'avait plus qu'une heure à vivre. Son pourvoi était rejeté.

– Allons, dit Claude froidement, j'ai bien dormi cette nuit sans me douter que je dormirais encore mieux la prochaine.

Il paraît que les paroles des hommes forts doivent toujours recevoir de l'approche de la mort une certaine grandeur.

notes

1. Claude Gueux est âgé de 36 ans. Cette phrase manifeste son indifférence à la sentence qui vient de lui être signifiée.
2. se pourvoir en cassation : demander à la Cour de cassation, qui en a le pouvoir, de casser le jugement de la cour d'assises.
3. greffe : bureau où l'on conserve les actes de procédure.
4. pendait : un pourvoi est « pendant » tant que la réponse n'a pas été faite ; pendant cette durée, la sentence ne peut être exécutée (elle est suspendue).
5. soupirail : bouche d'aération d'un souterrain ou d'une cave.
6. fers : chaînes, liens.
7. expiation : punition, peine ; dans la religion chrétienne, réparation du péché par la pénitence.
8. *pede claudo* : d'un pied boiteux, lentement. Citation du poète latin Horace (*Odes*, III, 2). Hugo se moque ici des lenteurs de la justice.
9. greffier : agent chargé de noter les débats au tribunal.

Claude Gueux

passage analysé

Le prêtre arriva, puis le bourreau. Il fut humble avec le prêtre, doux avec l'autre. Il ne refusa ni son âme, ni son corps.

Il conserva une liberté d'esprit parfaite. Pendant qu'on lui coupait les cheveux, quelqu'un parla, dans un coin du cachot, du choléra[1] qui menaçait Troyes en ce moment.

– Quant à moi, dit Claude avec un sourire, je n'ai pas peur du choléra.

Il écoutait d'ailleurs le prêtre avec une attention extrême, en s'accusant beaucoup et en regrettant de n'avoir pas été instruit dans la religion.

Sur sa demande, on lui avait rendu les ciseaux avec lesquels il s'était frappé. Il y manquait une lame qui s'était brisée dans sa poitrine. Il pria le geôlier de faire porter de sa part ces ciseaux à Albin. Il dit aussi qu'il désirait qu'on ajoutât à ce legs[2] la ration de pain qu'il aurait dû manger ce jour-là.

Il pria ceux qui lui lièrent les mains de mettre dans sa main droite la pièce de 5 francs que lui avait donnée la sœur, la seule chose qui lui restât désormais.

À huit heures moins un quart, il sortit de la prison, avec tout le lugubre cortège ordinaire des condamnés. Il était à pied, pâle, l'œil fixé sur le crucifix du prêtre, mais marchant d'un pas ferme.

On avait choisi ce jour-là pour l'exécution, parce que c'était jour de marché, afin qu'il y eût le plus de regards possible sur son passage ; car il paraît qu'il y a encore en France des bourgades à demi sauvages où, quand la société tue un homme, elle s'en vante.

Il monta sur l'échafaud gravement, l'œil toujours fixé sur le gibet[3] du Christ. Il voulut embrasser le prêtre, puis le bourreau, remerciant l'un, pardonnant à l'autre. Le bourreau *le repoussa*

notes

1. choléra : maladie infectieuse très contagieuse. Cette épidémie fit en effet, à l'époque, de nombreuses victimes.
2. legs : bien qu'on laisse en héritage.
3. gibet : mât de pendaison ; le « *gibet du Christ* » est le crucifix, la croix sur laquelle a été crucifié le Christ.

Claude Gueux

passage analysé

doucement, dit une relation[1]. Au moment où l'aide[2] le liait sur la hideuse mécanique, il fit signe au prêtre de prendre la pièce de cinq francs qu'il avait en sa main droite, et lui dit : *Pour les pauvres*. Comme huit heures sonnaient en ce moment, le bruit de beffroi[3] de l'horloge couvrit sa voix, et le confesseur[4] lui répondit qu'il n'entendait pas. Claude attendit l'intervalle de deux coups et répéta avec douceur : *Pour les pauvres*.

Le huitième coup n'était pas encore sonné que cette noble et intelligente tête était tombée.

Admirable effet des exécutions publiques ! Ce jour-là même, la machine étant encore debout au milieu d'eux et pas lavée, les gens du marché s'ameutèrent[5] pour une question de tarif et faillirent massacrer un employé de l'octroi[6]. Le doux peuple que vous font ces lois-là !

suite, p. 71

notes

1. **relation** : récit de l'exécution.
2. **aide** : personne qui assiste le bourreau.
3. **beffroi** : tour d'une ville, clocher.
4. **confesseur** : prêtre qui reçoit la confession des péchés.
5. **s'ameutèrent** : provoquèrent une émeute.
6. **octroi** : administration qui perçoit un impôt ou une taxe.

« Cette noble et intelligente tête était tombée »

Lecture analytique de l'extrait, p. 54, l. 636, à p. 57, l. 706.

Dans ce passage, Victor Hugo relate les derniers instants de Claude Gueux, entre sa condamnation et son exécution. Chaque détail de ce moment ultime est choisi et traité de manière à transformer le personnage de Claude Gueux en exemple. Son exécution elle-même devient une leçon de morale à méditer, tant la tranquillité du héros s'oppose à l'agitation de la foule des spectateurs.

Cet ultime moment est d'autant plus une illustration qu'il préfigure le long plaidoyer* final de Victor Hugo contre la peine de mort et l'injustice du système pénal. On s'attachera donc à interpréter ce passage dans cette optique.

On montrera d'abord comment Victor Hugo idéalise son personnage pour en faire un martyr, puis comment il construit cette scène, à l'aide d'ellipses*, pour en faire une critique en images de la peine de mort.

Un personnage idéalisé

❶ Analysez les différents actes de Claude Gueux et montrez qu'ils témoignent tous de son détachement, de son désintéressement.

❷ Relevez les termes qui établissent un parallèle entre Claude Gueux et le Christ. Que pouvez-vous en conclure ?

❸ Relevez les maximes* morales du passage. En quoi mettent-elles en exergue la grandeur de Claude Gueux ?

❹ En quoi le réalisme concourt-il à la grandeur et à l'exemplarité du personnage ?

* *Cf.* Lexique.

Extrait, p. 54, l. 636, à p. 57, l. 706

Un récit critique

5 Expliquez les raisons pour lesquelles ce récit imite les procédés du reportage journalistique, en se donnant pour un témoignage ou une relation fidèle des événements.

6 Par quels procédés Victor Hugo passe-t-il ensuite à une appréciation générale sur les exécutions capitales ? Que pouvez-vous en conclure sur le sens de ce récit ?

7 Pourquoi Victor Hugo traite-t-il le moment de l'exécution sous la forme d'une ellipse* ? L'œuvre comporte-t-elle d'autres ellipses ?

* *Cf.* Lexique.

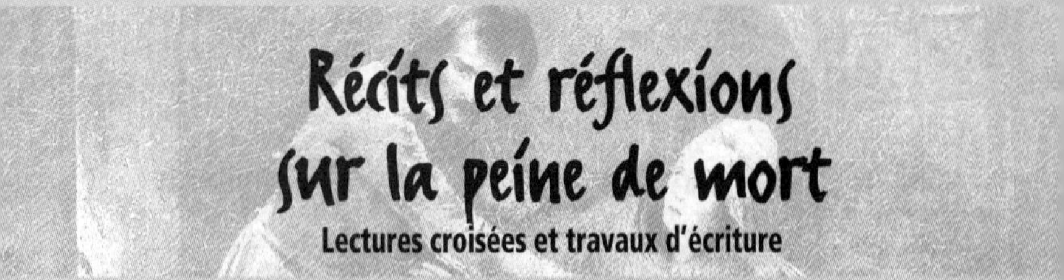

Récits et réflexions sur la peine de mort

Lectures croisées et travaux d'écriture

Aujourd'hui, 120 pays ont aboli la peine de mort dans leur législation ou en pratique : 84 pays l'ont abolie pour tous les crimes, cependant que 14 pays l'ont maintenue pour les crimes exceptionnels. Mais, en 2004, 3 797 exécutions ont encore eu lieu dans 25 pays et 76 pays, dont la majorité des États d'Amérique (38 États sur 50), continuent d'appliquer la peine capitale (selon le rapport d'Amnesty International).

D'une manière générale, la peine de mort est une sanction courante dans les régimes dictatoriaux, les démocraties étant généralement abolitionnistes. En France, la peine de mort fut abolie en 1981 à l'initiative de François Mitterrand qui venait d'être élu président de la République. Mais le débat continue, ici comme ailleurs, car les avis sur cette question sont partagés. En témoignent ces quelques textes qui permettent de faire le point sur les principaux thèmes et arguments de ce débat : cette sanction a-t-elle un sens ? est-elle exemplaire ? permet-elle de défendre la société contre le crime ? ou est-elle, au contraire, par sa barbarie morbide, une invitation à la cruauté ?

Texte A : Extrait de *Claude Gueux* de Victor Hugo (p. 54, l. 636, à p. 57, l. 706)

Texte B : Victor Hugo, *Le Dernier Jour d'un condamné*

Victor Hugo a été préoccupé tout au long de sa vie d'écrivain et d'homme politique par la question de la peine capitale, qui lui a inspiré de nombreux et fameux discours, mais son chef-d'œuvre sur le sujet reste* Le Dernier Jour d'un condamné. *Victor Hugo est âgé de 27 ans lorsqu'il donne ce journal intime fictif grâce auquel il nous place dans la conscience d'un condamné anonyme : sans connaître le crime ni l'identité du condamné, on suit pas à

pas ses émotions, ses pensées, ses regrets et ses réflexions, avant de se retrouver en sa compagnie au pied de l'échafaud. L'humanité profonde du texte, qui lui vient de son ton et de son style, dont la modernité et la grandeur n'en finissent jamais de nous surprendre, vaut tous les arguments contre la peine de mort.

XLVIII

[...]

Je vacillais donc sur le banc, ne prêtant même plus d'attention au prêtre et au crucifix.

Dans le tumulte qui m'enveloppait, je ne distinguais plus les cris de pitié des cris de joie, les rires des plaintes, les voix du bruit ; tout cela était une rumeur qui résonnait dans ma tête comme dans un écho de cuivre.

Mes yeux lisaient machinalement les enseignes des boutiques.

Une fois, l'étrange curiosité me prit de tourner la tête et de regarder vers quoi j'avançais. C'était une dernière bravade de l'intelligence. Mais le corps ne voulut pas ; ma nuque resta paralysée et d'avance comme morte.

J'entrevis seulement de côté, à ma gauche, au-delà de la rivière, la tour de Notre-Dame, qui, vue de là, cache l'autre. C'est celle où est le drapeau. Il y avait beaucoup de monde, et qui devait bien voir.

Et la charrette allait, allait, et les boutiques passaient, et les enseignes se succédaient, écrites, peintes, dorées, et la populace riait et trépignait dans la boue, et je me laissais aller, comme à leurs rêves ceux qui sont endormis.

Tout à coup la série des boutiques qui occupait mes yeux s'est coupée à l'angle d'une place ; la voix de la foule est devenue plus vaste, plus glapissante, plus joyeuse encore ; la charrette s'est arrêtée subitement, et j'ai failli tomber la face sur les planches. Le prêtre m'a soutenu.

– Courage ! a-t-il murmuré. – Alors on a apporté une échelle à l'arrière de la charrette ; il m'a donné le bras, je suis descendu, puis j'ai fait un pas, puis je me suis retourné pour en faire un autre, et je n'ai pu. Entre les deux lanternes du quai, j'avais vu une chose sinistre.

Oh ! c'était la réalité !

Je me suis arrêté, comme chancelant déjà du coup.

– J'ai une dernière déclaration à faire ! ai-je crié faiblement.

On m'a monté ici.

J'ai demandé qu'on me laissât écrire mes dernières volontés. Ils m'ont délié les mains, mais la corde est ici, toute prête, et le reste est en bas.

XLIX

Un juge, un commissaire, un magistrat, je ne sais de quelle espèce, vient de venir. Je lui ai demandé ma grâce en joignant les deux mains et en me traînant sur les deux genoux. Il m'a répondu, en souriant fatalement, si c'est là tout ce que j'avais à lui dire.

– Ma grâce ! ma grâce ! ai-je répété, ou, par pitié, cinq minutes encore ! Qui sait ? elle viendra peut-être ! Cela est si horrible, à mon âge, de mourir ainsi ! Des grâces qui arrivent au dernier moment, on l'a vu souvent. Et à qui fera-t-on grâce, monsieur, si ce n'est à moi ?

Cet exécrable bourreau ! il s'est approché du juge pour lui dire que l'exécution devait être faite à une certaine heure, que cette heure approchait, qu'il était responsable, que d'ailleurs il pleut, et que cela risque de se rouiller.

– Eh, par pitié ! une minute pour attendre ma grâce ! ou je me défends ! je mords !

Le juge et le bourreau sont sortis. Je suis seul. – Seul avec deux gendarmes.

Oh ! l'horrible peuple avec ses cris d'hyène ! – Qui sait si je ne lui échapperai pas ? si je ne serai pas sauvé ? si ma grâce ?... Il est impossible qu'on ne me fasse pas grâce !

Ah ! les misérables ! il me semble qu'on monte l'escalier...

Quatre heures.

Victor Hugo, *Le Dernier Jour d'un condamné*, 1829.

Texte C : Pascal Clément, discours à l'Assemblée nationale

Pascal Clément, avocat et député de la Loire en 1981, est actuellement garde des Sceaux (ministre de la Justice), après avoir exercé diverses fonctions ministérielles. Voici un extrait de son intervention du 17 septembre 1981, où il développe plusieurs arguments en faveur du maintien de la sanction suprême.

Une majorité d'entre nous, une majorité de Français, au nom des idées, du cœur et de la morale, est certainement contre la peine de mort. Il est normal et généreux d'avoir la volonté de respecter la vie, de se refuser à prononcer une peine irréversible qui dépasse l'homme. Il est vrai aussi – j'adhère profondément à cet argument – que l'homme change : celui qui commet le crime est autre que celui que l'on juge, celui que l'on juge est autre que celui qui sortira de prison dix ou vingt ans plus tard. Cette conviction ouvre les portes à toutes les espérances et justifie le refus d'une sanction irréversible qui désespère de l'homme.

Mais il y a la réalité et notre responsabilité à l'égard du peuple français. La réalité, c'est le meurtre, les victimes, le criminel qui, loin d'être touché par la grâce et de s'amender, récidive. Notre devoir, notre responsabilité, c'est de répondre à la légitime exigence de la société qui entend être défendue et être prémunie contre la violence.

La loi autorise l'individu à se défendre lorsque sa vie est en danger : c'est la légitime défense. Nous avons de même le devoir de nous défendre par les armes contre les agressions venues de l'extérieur, je veux parler de la guerre. Vous-même, monsieur le garde des Sceaux[1], avez établi récemment un parallèle entre le devoir judiciaire des Français et leur devoir militaire. Au nom de quelle logique et de quel principe n'aurions-nous pas le droit de défendre la société contre l'individu qui l'agresse, contre le criminel, en allant même, s'il le faut, jusqu'à lui ôter la vie ?

S'il y a respect de la vie, c'est celle des innocents et des futures victimes qui m'intéresse bien avant celle du criminel. Je n'hésite pas à parler de la victime, même si on considère cela – je l'ai lu ce matin dans un quotidien – comme un poncif[2] encombrant.

La société a donc le droit – ou alors soyons pacifistes et refusons d'armer les bras de nos soldats – de donner la mort pour se défendre. Ce droit n'est légitimé que par la nécessité. La peine de mort n'est supportable que si elle est nécessaire. Dans ces conditions, elle ne peut être supprimée que si autre chose joue le rôle qu'elle tenait : empêcher l'homme de devenir criminel, empêcher le criminel de récidiver.

J'évoquerai d'abord la question de l'exemplarité. Tout a été dit ou presque sur ce sujet. Les statistiques ne sont guère probantes et il est difficile de prouver que le spectre de la guillotine a ou n'a pas freiné le bras du criminel. Mais lequel d'entre nous peut être sûr que la mort ne possède aucun caractère dissuasif ?

Que penser de cette sorte de code qui fait hésiter certains malfaiteurs au moment de tirer sur un policier ? S'agit-il du respect de la vie d'autrui ou de la peur d'encourir la peine de mort ?

Que penser des preneurs d'otages, de ceux qui enlèvent des enfants ? Pourquoi prennent-ils le risque, en les restituant vivants, d'être arrêtés ? Qui peut dire avec certitude que ce n'est pas la peur de la mort qui assure la vie sauve à l'enfant retrouvé ? *(Applaudissements sur les bancs de l'Union pour la démocratie française.)*

Au-delà du problème de l'exemplarité, un autre se pose que personne n'a le droit de gommer. La récidive existe, et elle est d'autant plus révoltante qu'elle aurait pu être évitée.

La récidive n'est pas rare, et elle est, bien souvent, le fait de criminels qui avaient été antérieurement passibles de la peine de mort. Bénéficiaires de la clémence des jurés, ils ont été condamnés à la réclusion perpétuelle. Par le jeu des réductions de peine, quinze ans après, ils sont sortis de prison et ils ont récidivé. Cette question est trop essentielle pour que nous, législateurs, contribuions à l'aggraver en acceptant d'abolir la peine de mort sans avoir résolu le problème de la peine de remplacement.

Le projet de loi qu'on demande de voter aujourd'hui prévoit l'abolition de la peine de mort et, dans tous les cas où elle était prévue, son remplacement par la détention à perpétuité. Or nous savons que la détention à perpétuité est non appliquée et inapplicable pour des raisons éthiques d'abord, car la détention à perpétuité prise à la lettre ne serait pas moins inhumaine, dégradante et cruelle que la peine de mort.

Pascal Clément, discours à l'Assemblée nationale, 17 septembre 1981, *D.R.*

1. Il s'agit de Robert Badinter, alors ministre de la Justice.
2. poncif : lieu commun.

Texte D : Robert Badinter, discours à l'Assemblée nationale

L'avocat Robert Badinter, célèbre pour avoir défendu des criminels comme Patrick Henry dont il sauva la tête en 1976, est nommé garde des Sceaux par François Mitterrand en 1981. Il lui revient de présenter au Parlement le projet de loi portant abolition de la peine de mort. Dans cet extrait de son discours, il expose les arguments qui militent en faveur de l'abolition.

M. le garde des Sceaux. [...] En vérité, la question de la peine de mort est simple pour qui veut l'analyser avec lucidité. Elle ne se pose pas en termes de dissuasion, ni même de technique répressive, mais en termes de choix politique ou de choix moral.

Je l'ai déjà dit, mais je le répète volontiers au regard du grand silence antérieur : le seul résultat auquel ont conduit toutes les recherches menées par les criminologues est la constatation de l'absence de lien entre la peine de mort et l'évolution de la criminalité sanglante. Je rappelle encore à cet égard les travaux du Conseil de l'Europe de 1962 ; le

Livre blanc anglais[1], prudente recherche menée à travers tous les pays abolitionnistes avant que les Anglais ne se décident à abolir la peine de mort et ne refusent depuis lors, par deux fois, de la rétablir ; le Livre blanc canadien, qui a procédé selon la même méthode ; les travaux conduits par le comité pour la prévention du crime créé par l'O. N. U., dont les derniers textes ont été élaborés l'année dernière à Caracas ; enfin, les travaux conduits par le Parlement européen, auxquels j'associe notre amie Mme Roudy[2], et qui ont abouti à ce vote essentiel par lequel cette assemblée, au nom de l'Europe qu'elle représente, de l'Europe occidentale bien sûr, s'est prononcée à une écrasante majorité pour que la peine de mort disparaisse de l'Europe. Tous, tous se rejoignent sur la conclusion que j'évoquais.

Il n'est pas difficile d'ailleurs, pour qui veut s'interroger loyalement, de comprendre pourquoi il n'y a pas entre la peine de mort et l'évolution de la criminalité sanglante ce rapport dissuasif que l'on s'est si souvent appliqué à chercher sans trouver sa source ailleurs, et j'y reviendrai dans un instant. Si vous y réfléchissez simplement, les crimes les plus terribles, ceux qui saisissent le plus la sensibilité publique – et on le comprend –, ceux qu'on appelle les crimes atroces sont commis le plus souvent par des hommes emportés par une pulsion de violence et de mort qui abolit jusqu'aux défenses de la raison. À cet instant de folie, à cet instant de passion meurtrière, l'évocation de la peine, qu'elle soit de mort ou qu'elle soit perpétuelle, ne trouve pas sa place chez l'homme qui tue.

Qu'on ne me dise pas que ceux-là, on ne les condamne pas à mort. Il suffirait de reprendre les annales des dernières années pour se convaincre du contraire. Olivier, exécuté, dont l'autopsie a révélé que son cerveau présentait des anomalies frontales. Et Carrein, et Rousseau, et Garceau[3]. Quant aux autres, les criminels dits de sang-froid, ceux qui pèsent les risques, ceux qui méditent le profit et la peine, ceux-là, jamais vous ne les retrouverez dans des situations où ils risquent l'échafaud. Truands raisonnables, profiteurs du crime, criminels organisés, proxénètes, trafiquants, maffiosi, jamais vous ne les trouverez dans ces situations-là. Jamais ! *(Applaudissements sur les bancs des socialistes et des communistes.)*

Ceux qui interrogent les annales judiciaires, car c'est là où s'inscrit dans sa réalité la peine de mort, savent que dans les trente dernières années vous n'y trouvez pas le nom d'un « grand » gangster, si l'on peut utiliser cet adjectif en parlant de ce type d'hommes. Pas un seul « ennemi public » n'y a jamais figuré.

M. Jean Brocard. Et Mesrine[4] ?

M. Hyacinthe Santoni. Et Buffet ? Et Bontemps[5] ?

M. le garde des Sceaux. Ce sont les autres, ceux que j'évoquais précédemment qui peuplent ces annales.

En fait, ceux qui croient à la valeur dissuasive de la peine de mort méconnaissent la vérité humaine. La passion criminelle n'est pas plus arrêtée par la peur de la mort que d'autres passions ne le sont, qui, celles-là, sont nobles.

Et si la peur de la mort arrêtait les hommes, vous n'auriez ni grands soldats, ni grands sportifs. Nous les admirons, mais ils n'hésitent pas devant la mort. D'autres, emportés par d'autres passions, n'hésitent pas non plus. C'est seulement pour la peine de mort qu'on invente l'idée que la peur de la mort retient l'homme dans ses passions extrêmes. Ce n'est pas exact.

Et, puisqu'on vient de prononcer le nom de deux condamnés à mort qui ont été exécutés, je vous dirai pourquoi, plus qu'aucun autre, je puis affirmer qu'il n'y a pas dans la peine de mort de valeur dissuasive : sachez bien que, dans la foule qui, autour du palais de justice de Troyes, criait au passage de Buffet et de Bontemps : « À mort Buffet ! À mort Bontemps ! » se trouvait un jeune homme qui s'appelait Patrick Henry[6]. Croyez-moi, à ma stupéfaction, quand je l'ai appris, j'ai compris ce que pouvait signifier, ce jour-là, la valeur dissuasive de la peine de mort ! *(Applaudissements sur les bancs des socialistes et des communistes.)*

Robert Badinter, discours de présentation du projet de loi portant abolition de la peine de mort, 17 septembre 1981, *D.R.*

1. L'Angleterre abolit partiellement la peine de mort en 1965 avant de l'abolir définitivement en 1969.
2. Yvette Roudy, ministre des Droits de la femme de 1981 à 1986.
3. Olivier [...] Garceau : condamnés à mort en France ; Jérôme Carrein a été exécuté le 23 juin 1977.
4. Mesrine : bandit français (1936-1979), alors ennemi public n°1.
5. Buffet [...] Bontemps : exécutés le 28 novembre 1972, Robert Badinter fut leur avocat. Il raconte leur décapitation dans son livre *L'Exécution* (Grasset, 1973).
6. Patrick Henry enlève et tue un petit garçon en 1976. Badinter est l'un de ses avocats et le fait échapper à la peine capitale.

Texte E : Albert Camus, *L'Étranger*

Meursault, personnage principal du roman, vient d'être jugé et condamné à mort. Seul dans sa cellule, il réfléchit sur le sens et la portée d'une telle

sentence. L'imminence de la mort ouvre sur une méditation qui engage le sens de la vie et de la justice.

Je me suis souvenu dans ces moments d'une histoire que maman me racontait à propos de mon père. Je ne l'avais pas connu. Tout ce que je connaissais de précis sur cet homme, c'était peut-être ce que m'en disait alors maman : il était allé voir exécuter un assassin. Il était malade à l'idée d'y aller. Il l'avait fait cependant et au retour il avait vomi une partie de la matinée. Mon père me dégoûtait un peu alors. Maintenant je comprenais, c'était si naturel. Comment n'avais-je pas vu que rien n'était plus important qu'une exécution capitale et que, en somme, c'était la seule chose vraiment intéressante pour un homme ! Si jamais je sortais de cette prison, j'irais voir toutes les exécutions capitales. J'avais tort, je crois, de penser à cette possibilité. Car à l'idée de me voir libre par un petit matin derrière un cordon d'agents, de l'autre côté en quelque sorte, à l'idée d'être le spectateur qui vient voir et qui pourra vomir après, un flot de joie empoisonnée me montait au cœur. Mais ce n'était pas raisonnable. J'avais tort de me laisser aller à ces suppositions parce que, l'instant d'après, j'avais si affreusement froid que je me recroquevillais sous ma couverture. Je claquais des dents sans pouvoir me retenir.

Mais, naturellement, on ne peut pas être toujours raisonnable. D'autres fois, par exemple, je faisais des projets de loi. Je réformais les pénalités. J'avais remarqué que l'essentiel était de donner une chance au condamné. Une seule sur mille, cela suffisait pour arranger bien des choses. Ainsi, il me semblait qu'on pouvait trouver une combinaison chimique dont l'absorption tuerait le patient (je pensais : le patient) neuf fois sur dix. Lui le saurait, c'était la condition. Car en réfléchissant bien, en considérant les choses avec calme, je constatais que ce qui était défectueux avec le couperet, c'est qu'il n'y avait aucune chance, absolument aucune. Une fois pour toutes, en somme, la mort du patient avait été décidée. C'était une affaire classée, une combinaison bien arrêtée, un accord entendu et sur lequel il n'était pas question de revenir. Si le coup ratait, par extraordinaire, on recommençait. Par suite, ce qu'il y avait d'ennuyeux, c'est qu'il fallait que le condamné souhaitât le bon fonctionnement de la machine. Je dis que c'est le côté défectueux. Cela est vrai, dans un sens. Mais, dans un autre sens, j'étais obligé de reconnaître que tout le secret d'une bonne organisation était là. En somme, le condamné était obligé de collaborer moralement. C'était son intérêt que tout marchât sans accroc.

J'étais obligé de constater aussi que jusqu'ici j'avais eu sur ces questions des idées qui n'étaient pas justes. J'ai cru longtemps – et je ne sais pas pourquoi – que, pour aller à la guillotine, il fallait monter sur un échafaud, gravir des marches. Je crois que c'était à cause de la Révolution de 1789, je veux dire à cause de tout ce qu'on m'avait appris ou fait voir sur ces questions. Mais un matin je me suis souvenu d'une photographie publiée par les journaux à l'occasion d'une exécution retentissante. En réalité, la machine était posée à même le sol, le plus simplement du monde. Elle était beaucoup plus étroite que je ne le pensais. C'était assez drôle que je ne m'en fusse pas avisé plus tôt. Cette machine sur le cliché m'avait frappé par son aspect d'ouvrage de précision, fini et étincelant. On se fait toujours des idées exagérées de ce qu'on ne connaît pas. Je devais constater au contraire que tout était simple : la machine est au même niveau que l'homme qui marche vers elle. Il la rejoint comme on marche à la rencontre d'une personne. Cela aussi était ennuyeux. La montée vers l'échafaud, l'ascension en plein ciel, l'imagination pouvait s'y raccrocher. Tandis que, là encore, la mécanique écrasait tout : on était tué discrètement, avec un peu de honte et beaucoup de précision.
Il y avait aussi deux choses à quoi je réfléchissais tout le temps : l'aube et mon pourvoi. Je me raisonnais cependant et j'essayais de n'y plus penser. Je m'étendais, je regardais le ciel, je m'efforçais de m'y intéresser. Il devenait vert, c'était le soir. Je faisais encore un effort pour détourner le cours de mes pensées. J'écoutais mon cœur. Je ne pouvais imaginer que ce bruit qui m'accompagnait depuis si longtemps pût jamais cesser. Je n'ai jamais eu de véritable imagination. J'essayais pourtant de me représenter une certaine seconde où le battement de ce cœur ne se prolongerait plus dans ma tête. Mais en vain. L'aube ou mon pourvoi étaient là. Je finissais par me dire que le plus raisonnable était de ne pas me contraindre.

Albert Camus, *L'Étranger*, Gallimard, 1942.

Document : Exécution publique d'Eugène Weidmann (Versailles, 17 juin 1939)

Eugène Weidmann, assassin de six personnes, fut le dernier condamné à être exécuté sur la place publique en France. En effet, à partir de 1939, les exécutions publiques sont interdites et doivent désormais se dérouler dans l'enceinte de la prison.

Document reproduit ci-contre.

Corpus

Texte A : Extrait de *Claude Gueux* de Victor Hugo (p. 54, l. 636, à p. 57, l. 706).

Texte B : Extrait du *Dernier Jour d'un condamné* de Victor Hugo (pp. 60-62).

Texte C : Extrait du discours à l'Assemblée nationale de Pascal Clément (pp. 62-64).

Texte D : Extrait du discours à l'Assemblée nationale de Robert Badinter (pp. 64-66).

Texte E : Extrait de *L'Étranger* d'Albert Camus (pp. 66-68).

Document : Exécution publique d'Eugène Weidmann (pp. 68-69).

Examen des textes et de l'image

1. Quels arguments contre la peine de mort ressortent des deux extraits de Victor Hugo (textes A et B) ?
2. Qu'y a-t-il de commun entre *L'Étranger* (texte E) et *Le Dernier Jour d'un condamné* (texte B) ? Vous répondrez en analysant le système énonciatif* dans ces deux extraits.
3. Quels sont les arguments de Pascal Clément en faveur de la peine de mort (texte C) ?
4. Quels sont les arguments de Robert Badinter contre la peine de mort (texte D) ?
5. Montrez que les arguments développés par Robert Badinter (texte D) sont déjà présents dans les propos de Victor Hugo (texte A) ?

Travaux d'écriture

Question préliminaire

D'après les extraits de ce corpus et le document, en quelle mesure peut-on dire que la mise en scène ou le récit d'exécutions capitales sont des arguments en faveur de l'abolition de la peine de mort ?

Commentaire

Vous ferez le commentaire de l'extrait de *L'Étranger* d'Albert Camus (texte E).

Dissertation

Pensez-vous que, à l'image de *Claude Gueux*, du *Dernier Jour d'un condamné* et de *L'Étranger*, la littérature doit s'engager et prendre parti dans le débat public ?

Écriture d'invention

Rédigez un discours qui pourrait être prononcé en vue d'obtenir la grâce d'un condamné, dans un pays où la peine de mort existe encore.

Vous vous inspirerez des arguments présents dans les différents textes du corpus et vous citerez, pour les réfuter, les arguments des partisans de la peine de mort.

* *Cf.* Lexique.

Nous avons cru devoir raconter en détail l'histoire de Claude Gueux, parce que, selon nous, tous les paragraphes de cette histoire pourraient servir de têtes de chapitre au livre où serait résolu le grand problème du peuple au dix-neuvième siècle. Dans cette vie importante il y a deux phases principales, avant la chute, après la chute ; et, sous ces deux phases, deux questions, question de l'éducation, question de la pénalité ; et, entre ces deux questions, la société tout entière.

Cet homme, certes, était bien né, bien organisé, bien doué. Que lui a-t-il donc manqué ? Réfléchissez.

C'est là le grand problème de proportion dont la solution, encore à trouver, donnera l'équilibre universel : *Que la société fasse toujours pour l'individu autant que la nature*.

Voyez Claude Gueux. Cerveau bien fait, cœur bien fait, sans nul doute. Mais le sort le met dans une société si mal faite qu'il finit par tuer.

Qui est réellement coupable ? Est-ce lui ? Est-ce nous ?

Questions sévères, questions poignantes, qui sollicitent à cette heure toutes les intelligences, qui nous tirent tous tant que nous sommes, par le pan de notre habit, et qui nous barreront un jour si complètement le chemin qu'il faudra bien les regarder en face et savoir ce qu'elles nous veulent.

Celui qui écrit ces lignes essaiera de dire bientôt peut-être de quelle façon il les comprend.

Quand on est en présence de pareils faits, quand on songe à la manière dont ces questions nous pressent, on se demande à quoi pensent ceux qui gouvernent, s'ils ne pensent pas à cela.[1]

note

1. Le manuscrit porte ici la date du *23 juin 1834*. La suite est une version remaniée d'un texte écrit en 1832.

Claude Gueux

Les Chambres[1], tous les ans, sont gravement occupées. Il est sans doute très important de désenfler les sinécures[2] et d'écheniller[3] le budget ; il est très important de faire des lois pour que j'aille, déguisé en soldat, monter patriotiquement la garde à la porte de M. le comte de Lobau[4] que je ne connais pas et que je ne veux pas connaître, ou pour me contraindre à parader au carré Marigny[5], sous le bon plaisir de mon épicier, dont on a fait mon officier[6].

Il est important, députés ou ministres, de fatiguer et de tirailler toutes les choses et toutes les idées de ce pays dans des discussions pleines d'avortements[7] ; il est essentiel, par exemple, de mettre sur la sellette et d'interroger et de questionner à grands cris, et sans savoir ce qu'on dit, l'art du dix-neuvième siècle, ce grand et sévère accusé qui ne daigne pas répondre et qui fait bien ; il est expédient[8] de passer son temps, gouvernants et législateurs, en conférences classiques qui font hausser les épaules aux maîtres d'école de la banlieue ; il est utile de déclarer que c'est le drame moderne qui a inventé l'inceste, l'adultère, le parricide[9], l'infanticide et l'empoisonnement, et de prouver par là qu'on ne

notes

1. **Les Chambres :** Chambre des pairs et Chambre des députés (aujourd'hui Assemblée nationale et Sénat).
2. **sinécures :** fonctions publiques qui permettent d'obtenir un revenu sans fournir aucun travail. Le terme vient du latin *sine cura*, abréviation de *beneficium sine cura*, « bénéfice ecclésiastique sans travail ».
3. **écheniller :** débarrasser le budget des dépenses inutiles ; au sens propre, débarrasser un arbre de ses chenilles.
4. Georges Mouton, comte de Lobau (1770-1838), commandant de la Garde nationale ; député libéral de 1828 à 1830, il est fait maréchal d'Empire en 1831, puis pair de France en 1833.
5. **carré Marigny :** lieu de manifestations publiques à côté des Champs-Élysées.
6. « *Il va sans dire que nous n'entendons pas ici attaquer la patrouille urbaine, chose utile qui garde la rue, le seuil et le foyer, mais seulement la parade, le pompon, la gloriole et le tapage militaire, choses ridicules, qui ne servent qu'à faire du bourgeois une parodie de soldat.* » (Note de Victor Hugo, qui fait allusion à la Garde nationale, milice de citoyens fondée en 1789 pour défendre la démocratie, l'ordre et la propriété privée.)
7. **avortements :** échecs, abandons avant leur terme.
8. **expédient :** opportun, utile.
9. **parricide :** meurtre du père ou de la mère.

connaît ni Phèdre[1], ni Jocaste[2], ni Œdipe[3], ni Médée[4], ni Rodogune[5] ; il est indispensable que les orateurs politiques de ce pays ferraillent[6], trois grands jours durant, à propos du budget, pour Corneille et Racine, contre on ne sait qui, et profitent de cette occasion littéraire pour s'enfoncer les uns les autres à qui mieux mieux dans la gorge de grandes fautes de français jusqu'à la garde.

Tout cela est important ; nous croyons cependant qu'il pourrait y avoir des choses plus importantes encore.

Que dirait la Chambre, au milieu des futiles démêlés qui font si souvent colleter[7] le ministère par l'opposition et l'opposition par le ministère, si, tout à coup, des bancs de la Chambre ou de la tribune publique, qu'importe, quelqu'un se levait et disait ces sérieuses paroles :

« Taisez-vous, monsieur Mauguin, taisez-vous, monsieur Thiers[8] ! vous croyez être dans la question, vous n'y êtes pas. La question, la voici : la justice vient, il y a un an à peine, de déchiqueter un homme à Pamiers avec un eustache[9] ; à Dijon, elle vient d'arracher la tête à une femme ; à Paris, elle fait, barrière

notes

1. **Phèdre** : épouse de Thésée, elle tombe amoureuse de son beau-fils Hippolyte. Comme celui-ci la repousse, elle l'accuse de lui avoir fait des avances et Thésée demande à Poséidon de le faire tuer. Désespérée, Phèdre se pend. Ce personnage de la mythologie grecque a inspiré des tragédies à Sophocle, Euripide et Racine.
2. **Jocaste** : dans la mythologie grecque, épouse de Laïos, roi de Thèbes. La pythie leur annonce que, s'ils ont un fils, celui-ci tuera son père et épousera sa mère. Ils enfantent Œdipe, la prophétie se réalise et la malédiction s'abat sur Thèbes.
3. **Œdipe** : fils de Jocaste et de Laïos, il est abandonné à la naissance et recueilli par Polybos, roi de Corinthe. En apprenant la prophétie qui le concerne, Œdipe fuit Corinthe et se querelle sur une route avec un passant qu'il tue, sans savoir que c'est son père. Arrivé devant Thèbes, il sait résoudre les énigmes du Sphinx – ce qui entraîne la mort du monstre. En témoignage de gratitude, les habitants le proclament roi et il épouse Jocaste, sa mère. Thèbes est alors ravagée par la peste, malédiction due à l'assassinat impuni de Laïos. Œdipe fait alors rechercher le coupable et découvre qu'il est le meurtrier de son père et l'époux de sa mère. À cette nouvelle, il se crève les yeux et Jocaste se pend.
4. **Médée** : dans la mythologie grecque, magicienne célèbre pour ses crimes, qui égorge ses propres enfants après avoir été répudiée par son mari, Jason, qu'elle avait aidé à conquérir la Toison d'or.
5. *Rodogune*, tragédie de Corneille (1644) mettant en scène le personnage de Rodogune, fille de Mithridate, roi des Parthes, et rivale de Cléopâtre Théa, dont elle épouse le mari, Démétrios II Nikatôr, que Cléopâtre, de dépit, fait empoisonner.
6. **ferraillent** : croisent le fer, l'épée, c'est-à-dire combattent.
7. **colleter** : attaquer, saisir au collet (partie du vêtement entourant le cou).
8. François Mauguin, député de gauche, et Adolphe Thiers, député de droite. Les éditions tardives remplacent ce texte par « *Taisez-vous, qui que vous soyez, vous qui parlez ici, taisez-vous* ».
9. **eustache** : petit couteau.

Claude Gueux

Saint-Jacques, des exécutions inédites. Ceci est la question. Occupez-vous de ceci. Vous vous querellerez après pour savoir si les boutons de la garde nationale doivent être blancs ou jaunes, et si l'*assurance* est une plus belle chose que la *certitude*[1].

passage analysé

« Messieurs des centres, messieurs des extrémités, le gros du peuple souffre ! Que vous l'appeliez république ou que vous l'appeliez monarchie, le peuple souffre[2]. Ceci est un fait.

« Le peuple a faim, le peuple a froid. La misère le pousse au crime ou au vice, selon le sexe. Ayez pitié du peuple, à qui le bagne prend ses fils, et le lupanar[3] ses filles. Vous avez trop de forçats, vous avez trop de prostituées. Que prouvent ces deux ulcères ! Que le corps social a un vice dans le sang. Vous voilà réunis en consultation au chevet du malade ; occupez-vous de la maladie.

« Cette maladie, vous la traitez mal. Étudiez-la mieux. Les lois que vous faites, quand vous en faites, ne sont que des palliatifs[4] et des expédients[5]. Une moitié de vos codes est routine, l'autre moitié empirisme[6]. La flétrissure[7] était une cautérisation[8] qui gangrenait la plaie ; peine insensée que celle qui pour la vie scellait et rivait le crime sur le criminel ! qui en faisait deux amis, deux compagnons, deux inséparables ! Le bagne est un vésicatoire[9] absurde qui laisse résorber, non sans l'avoir rendu pire encore, presque tout le mauvais sang qu'il extrait. La peine de mort est une amputation barbare.

« Or, flétrissure, bagne, peine de mort, trois choses qui se tiennent. Vous avez supprimé la flétrissure ; si vous êtes logiques,

notes

1. Allusion au fait que la Chambre avait, le 15 avril 1831, voté une motion faisant état de sa *certitude* de la survie de la nation polonaise et que le gouvernement, par prudence, fit remplacer par *espérance*.
2. Ici, le C.O.D. d'*appeler* ne devrait pas être « *le gros du peuple* », comme le suggère la syntaxe, mais probablement un substantif désignant le gouvernement.
3. **lupanar** : maison de prostitution.
4. **palliatifs** : traitements qui masquent les effets de la maladie sans la soigner.
5. **expédients** : remèdes de fortune employés faute de mieux et qui ne guérissent pas.
6. **empirisme** : résultat obtenu par observation et non par raisonnement (terme péjoratif ici).
7. **flétrissure** : peine qui consistait à marquer les condamnés au fer rouge.
8. **cautérisation** : fait de désinfecter une plaie en la brûlant.
9. **vésicatoire** : médicament qui provoque des ampoules sur la peau, employé comme révulsif.

passage analysé

supprimez le reste. Le fer rouge[1], le boulet et le couperet[2], c'étaient les trois parties d'un syllogisme[3]. Vous avez ôté le fer rouge, le boulet et le couperet n'ont plus de sens. Farinace[4] était atroce ; mais il n'était pas absurde.

« Démontez-moi cette vieille échelle boiteuse des crimes et des peines, et refaites-la. Refaites votre pénalité, refaites vos codes, refaites vos prisons, refaites vos juges. Remettez les lois au pas des mœurs.

« Messieurs, il se coupe trop de têtes par an en France. Puisque vous êtes en train de faire des économies, faites-en là-dessus. Puisque vous êtes en verve de suppressions, supprimez le bourreau. Avec la solde[5] de vos quatre-vingts bourreaux, vous paierez six cents maîtres d'école.

« Songez au gros du peuple. Des écoles pour les enfants, des ateliers pour les hommes. Savez-vous que la France est un des pays de l'Europe où il y a le moins de natifs qui sachent lire ? Quoi ! la Suisse sait lire, la Belgique sait lire, le Danemark sait lire, la Grèce sait lire, l'Irlande sait lire, et la France ne sait pas lire ? C'est une honte.

« Allez dans les bagnes. Appelez autour de vous toute la chiourme[6]. Examinez un à un tous ces damnés de la loi humaine. Calculez l'inclinaison de tous ces profils, tâtez tous ces crânes. Chacun de ces hommes tombés a au-dessous de lui son type bestial ; il semble que chacun d'eux soit le point d'intersection de telle ou telle espèce animale avec l'humanité. Voici le loup-cervier[7], voici le chat, voici le singe, voici le vautour, voici l'hyène[8]. Or, de ces pauvres têtes mal conformées, le premier tort

notes

1. fer rouge : châtiment qui consistait à marquer le condamné au fer rouge (flétrissure).
2. couperet : guillotine.
3. syllogisme : raisonnement apparemment logique en trois parties, dont la troisième proposition découle des deux premières.
4. Prosper Farinacci (1554-1613), juge romain très sévère.
5. solde : salaire.
6. chiourme : rameurs d'une galère, forçats ; par extension, l'ensemble des condamnés au bagne.
7. loup-cervier : lynx, loup qui attaque des cerfs.
8. hyène : mammifère carnassier d'Afrique, essentiellement charognard.

Claude Gueux

est à la nature sans doute, le second à l'éducation. La nature a mal ébauché, l'éducation a mal retouché l'ébauche. Tournez vos soins de ce côté. Une bonne éducation au peuple. Développez de votre mieux ces malheureuses têtes afin que l'intelligence qui est dedans puisse grandir. Les nations ont le crâne bien ou mal fait selon leurs institutions. Rome et la Grèce avaient le front haut. Ouvrez le plus que vous pourrez l'angle facial du peuple.

passage analysé

« Quand la France saura lire, ne laissez pas sans direction cette intelligence que vous aurez développée. Ce serait un autre désordre. L'ignorance vaut encore mieux que la mauvaise science. Non. Souvenez-vous qu'il y a un livre plus philosophique que le *Compère Mathieu*[1], plus populaire que le *Constitutionnel*[2], plus éternel que la charte de 1830[3]. C'est l'Écriture sainte. Et ici un mot d'explication. Quoi que vous fassiez, le sort de la grande foule, de la multitude, de la *majorité* sera toujours relativement pauvre, et malheureux et triste. À elle le dur travail, les fardeaux à pousser, les fardeaux à traîner, les fardeaux à porter. Examinez cette balance : toutes les jouissances dans le plateau du riche, toutes les misères dans le plateau du pauvre. Les deux parts ne sont-elles pas inégales ? La balance ne doit-elle pas nécessairement pencher, et l'État avec elle ? Et maintenant dans le lot du pauvre, dans le plateau des misères, jetez la certitude d'un avenir céleste, jetez l'aspiration au bonheur éternel, jetez le paradis, contrepoids magnifique ! Vous rétablissez l'équilibre. La part du pauvre est aussi riche que la part du riche. C'est ce que savait Jésus, qui en savait plus long que Voltaire[4].

« Donnez au peuple qui travaille et qui souffre, donnez au peuple, pour qui ce monde-ci est mauvais, la croyance à un

notes

1. *Le Compère Mathieu ou les Bigarrures de l'esprit humain*, roman populaire anticlérical attribué à Voltaire mais écrit en 1786 par l'abbé Henri-Joseph Dulaurens (1719-1793).
2. ***Constitutionnel*** : journal bien-pensant, partisan du régime et lu par la bourgeoisie.
3. **charte de 1830** : Constitution de la monarchie de Juillet, qui reprend celle de la Restauration (1814). Ces chartes établissent une monarchie constitutionnelle (compromis entre les acquis de la Révolution et l'Ancien Régime).
4. **Voltaire** : écrivain des Lumières (1694-1778), anticlérical et ironique.

Claude Gueux

meilleur monde fait pour lui. Il sera tranquille, il sera patient. La patience est faite d'espérance.

« Donc ensemencez les villages d'évangiles. Une bible par cabane. Que chaque livre et chaque champ produisent à eux deux un travailleur moral.

« La tête de l'homme du peuple, voilà la question. Cette tête est pleine de germes utiles. Employez pour la faire mûrir et venir à bien ce qu'il y a de plus lumineux et mieux tempéré dans la vertu. Tel a assassiné sur les grandes routes qui, mieux dirigé, eût été le plus excellent serviteur de la cité. Cette tête de l'homme du peuple, cultivez-la, défrichez-la, arrosez-la, fécondez-la, éclairez-la, moralisez-la, utilisez-la ; vous n'aurez pas besoin de la couper. »

Cette tête de l'homme du peuple...

Lecture analytique de l'extrait, p. 74, l. 775, à p. 77, l. 864.

Claude Gueux, condamné à mort, a été exécuté. Son histoire est terminée, pas la mission que s'était fixée Victor Hugo en la racontant. Le roman s'achève sur un long discours en forme d'argumentaire, où Victor Hugo développe quelques-uns de ses thèmes de prédilection : la misère et ses effets néfastes, la nécessité de l'alphabétisation et de l'éducation des masses, l'abolition de la peine de mort, l'injustice.
Au travers des métaphores* et des arguments déployés, Victor Hugo apparaît comme un homme préoccupé par la misère mais aussi et surtout par ses effets destructeurs : soucieux de l'ordre public, de l'ordre social, il s'interroge sur les moyens nécessaires pour empêcher la misère et l'ignorance de le mettre en danger. En 1834, bien que déjà préoccupé par la question sociale, Victor Hugo n'est ni un révolutionnaire ni un séditieux. Et s'il demande un peu moins d'injustice, il le fait au nom du maintien de l'ordre, pas encore au nom de la liberté ou de l'égalité.

Un discours et un argumentaire

1. Montrez que, dans ce passage, Victor Hugo prend personnellement la parole. Relevez les marques de sa présence et de ses interventions.
2. À qui Victor Hugo s'adresse-t-il ? Relevez les différents termes qui désignent ses interlocuteurs. Quel effet recherche-t-il ?
3. Relevez et analysez la longue métaphore filée* médicale par laquelle Victor Hugo décrit l'échelle des délits et des peines.
4. Pourquoi l'impératif est-il le mode dominant de ce texte ? Appuyez votre réponse sur quelques exemples précis.

* *Cf.* Lexique.

Extrait, p. 74, l. 775, à p. 77, l. 864

5 Montrez que Victor Hugo construit son discours sur plusieurs oppositions et parallèles.
6 Sur quelle opposition Victor Hugo termine-t-il son argumentation ? En quoi est-elle un jeu de mots ?

Un texte progressiste ?

7 Victor Hugo propose de remplacer la prison par l'éducation : relevez les formules qui en témoignent.
8 Quel est le champ lexical* dominant dans le passage des lignes 778 à 794 ? Quelle comparaison suggère-t-il ?
9 Quelle vision du peuple propose ce paragraphe ?
10 En partant du paragraphe analysé aux deux questions qui précèdent, identifiez les différents arguments de Victor Hugo en faveur de l'éducation.
11 À partir de la maxime* « *L'ignorance vaut encore mieux que la mauvaise science* » et de la dernière partie du texte (l. 831-864), définissez le rôle assigné par Victor Hugo à l'éducation des masses.

* *Cf.* Lexique.

Le peuple et la question sociale

Lectures croisées et travaux d'écriture

Avec l'industrialisation et la rationalisation de la production, l'exode rural s'intensifie pendant tout le XIXe siècle. Les villes sont prises d'assaut par des cohortes de plus en plus nombreuses venues louer leurs bras dans les ateliers et manufactures qui se développent dans les quartiers nord et est des grandes villes. Il en résulte des concentrations d'ouvriers vivant dans des conditions misérables et dans une très grande précarité, qui se retrouvent à la merci du moindre coup du sort. Les écrivains romantiques, puis les écrivains réalistes et naturalistes se sont emparés de cette question nouvelle, le plus souvent pour dénoncer cette situation. S'ils n'ont jamais atteint à la sombre critique révolutionnaire de Karl Marx et Friedrich Engels (texte E), des essayistes très lus à leur époque, comme l'abbé Lamennais (texte B), ou des écrivains, comme Victor Hugo (textes C et D), ont néanmoins contribué à faire évoluer les mentalités et faire prendre conscience du caractère explosif d'une situation à ce point injuste et inhumaine.

Texte A : Extrait de *Claude Gueux* de Victor Hugo (p. 74, l. 775, à p. 77, l. 864)

Texte B : Félicité Robert de Lamennais, *Le Livre du peuple*

Félicité Robert de Lamennais (1782-1854) est un prédicateur en rupture de ban qui a profondément marqué le XIXe siècle. En 1830, il fonde le journal* L'Avenir, *dans lequel il défend des idées qui tentent d'opérer la synthèse entre le christianisme et la Révolution. Son influence politique s'exerce aussi bien sur Victor Hugo que sur Lamartine et Jules Michelet, notamment avec* Les Paroles d'un croyant *(«* l'évangile de l'insurrection *» selon Lamartine), parues en 1834. Condamné et excommunié par l'Église en 1832, il se retrouve en prison en 1840 pour avoir attaqué la monarchie dans un ouvrage. Il sera élu à l'Assemblée constituante en 1848.

Dans cet extrait, Lamennais prend part au débat sur la place du peuple et sur son rôle dans la création des richesses et de la prospérité. Il s'agit d'une position subversive pour une époque dominée par la bourgeoisie d'affaires.

Sans le peuple nulle prospérité, nul développement, nulle vie ; car point de vie sans travail, et le travail est partout la destinée du peuple.

Qu'il disparût soudain, que deviendrait la société ? Elle disparaîtrait avec lui. Il ne resterait que quelques rares individus dispersés sur le sol, qu'alors il leur faudrait bien cultiver de leurs mains. Pour vivre, ils seraient immédiatement obligés de se faire peuple.

Or, dans cette société presque uniquement composée du peuple, et qui ne subsiste que par le peuple, quelle est la condition du peuple ? que fait-elle pour lui ?

Elle le condamne à lutter sans cesse contre des multitudes d'obstacles de tout genre qu'elle oppose à l'amélioration de son sort, au soulagement de ses maux ; elle lui laisse à peine une petite portion du fruit de ses travaux ; elle le traite comme le laboureur traite son cheval et son bœuf, et souvent moins bien ; elle lui crée, sous des noms divers, une servitude sans terme et une misère sans espérance.

Toutefois, ne vous abusez ni sur le temps ni sur les choses. Gardez-vous de rêver l'impossible, ce qui ne peut être, ce qui ne sera jamais. Loin de remédier aux maux qui surabondent en ce monde, vous ne feriez que les rendre plus nombreux et plus pesants.

L'égalité parfaite, absolue, non des droits (celle-ci constitue l'ordre même), mais des positions et des avantages annexés à chaque position, n'est point dans les lois de la nature, qui a distribué inégalement ses dons entre les hommes, les forces du corps et celle de l'esprit. Sans cela, que serait la société ? Comment subsisterait-elle, comment se développerait-elle, si la diversité des génies et des aptitudes ne produisait comme une série de destinations correspondantes aux fonctions qu'elle implique, depuis les plus humbles jusqu'aux plus élevés ? Ceux-ci labourent les champs, ceux-là cultivent la science, et tous contribuent, à leur manière, au bien commun.

Le mouvement même de la vie sociale oppose un obstacle invincible à l'égalité des fortunes : établie le matin, le soir elle n'existerait plus ; l'industrie plus ou moins intelligente, plus ou moins active, la bonne ou mauvaise économie l'auraient déjà détruite. Et l'on ne doit pas s'en plaindre ; car ce continuel effort de chacun, cet instinctif emploi de ses facultés pour augmenter son propre bien-être est une des conditions du bien-être général.

Ne pensez pas non plus que votre état si misérable puisse complètement changer tout d'un coup. Ce changement total et subit[1] est, quoi que vous fassiez, impossible. Il impliquerait une violence telle qu'au lieu de réformer la société, il briserait les ressorts de la société.

Lorsque vous aurez réussi à donner pour fondement à l'organisation politique l'égalité chrétienne des droits, la régénération voulue de vous, et que Dieu vous commande de vouloir, s'accomplira de soi-même dans ses trois branches inséparables : l'ordre matériel, l'ordre intellectuel et l'ordre moral.

D'où vient le mal dans l'ordre matériel ? Est-ce de l'aisance des uns ? Non, mais du dénuement des autres ; de ce que, en vertu des lois faites par le riche pour l'exclusivité du riche, il profite presque seul du travail du pauvre, de plus en plus stérile pour lui. De quoi donc s'agit-il ? D'assurer au travail ce qui lui appartient équitablement dans les produits du travail même ; il s'agit non de dépouiller celui qui possède déjà, mais de créer une propriété à celui qui maintenant est privé de toute propriété.

Félicité Robert de Lamennais, *Le Livre du peuple*, Londres, 1838.

1. **subit :** soudain.

Texte C : Victor Hugo, « Discours sur la misère »

En juin 1848, Victor Hugo est élu dans les rangs du « parti de l'Ordre », conservateur et majoritaire, à l'Assemblée législative. Il s'aperçoit peu à peu que les conservateurs souhaitent revenir sur les acquis de février 1848. Progressivement il **« épouse la République »*****, et ses interventions, parce qu'elles défendent des idées de gauche, déclenchent des tollés à droite et des applaudissements à gauche.***

Dans ce discours prononcé au Parlement, Victor Hugo parle en faveur de la proposition d'un autre parlementaire, M. de Melun, de **« nommer dans les bureaux une commission de trente membres, pour préparer et examiner les lois relatives à la prévoyance et à l'assistance publique ».** ***Ponctué par de nombreux incidents et de véhémentes protestations de la droite, parce qu'il attaque violemment la misère et les inégalités, ce discours est l'un de ceux qui marquent le moment où Victor Hugo, de conservateur, devient le républicain qui fuira le régime dictatorial de Napoléon III.***

Je ne suis pas, messieurs, de ceux qui croient qu'on peut supprimer la souffrance en ce monde, la souffrance est une loi divine, mais je suis de ceux qui pensent et qui affirment qu'on peut détruire la misère. *(Réclamation. – Violentes dénégations à droite.)*
Remarquez-le bien, messieurs, je ne dis pas diminuer, amoindrir, limiter, circonscrire, je dis détruire. *(Nouveaux murmures à droite.)* La misère est une maladie du corps social comme la lèpre était une maladie du corps humain ; la misère peut disparaître comme la lèpre a disparu. *(Oui ! oui ! à gauche.)* Détruire la misère ! oui, cela est possible. Les législateurs et les gouvernants doivent y songer sans cesse ; car, en pareille matière, tant que le possible n'est pas fait, le devoir n'est pas rempli. *(Sensation universelle.)*
La misère, messieurs, j'aborde ici le vif de la question, voulez-vous savoir où elle en est, la misère ? Voulez-vous savoir jusqu'où elle peut aller, jusqu'où elle va, je ne dis pas en Irlande, je ne dis pas au Moyen Âge, je dis en France, je dis à Paris, et au temps où nous vivons ?
Voulez-vous des faits ? Il y a dans Paris… *(L'orateur s'interrompt.)*
Mon Dieu, je n'hésite pas à les citer, ces faits. Ils sont tristes, mais nécessaires à révéler ; et tenez, s'il faut dire toute ma pensée, je voudrais qu'il sortît de cette assemblée, et au besoin j'en ferai la proposition formelle, une grande et solennelle enquête sur la situation vraie des classes laborieuses et souffrantes en France. Je voudrais que tous les faits éclatassent au grand jour. Comment veut-on guérir le mal si l'on ne sonde pas les plaies ? *(Très-bien ! très-bien !)*
Voici donc ces faits :
Il y a dans Paris, dans ces faubourgs de Paris que le vent de l'émeute soulevait naguère si aisément, il y a des rues, des maisons, des cloaques[1], où des familles, des familles entières, vivent pêle-mêle, hommes, femmes, jeunes filles, enfants, n'ayant pour lits, n'ayant pour couvertures, j'ai presque dit pour vêtements, que des monceaux infects de chiffons en fermentation, ramassés dans la fange[2] du coin des bornes, espèce de fumier des villes, où des créatures humaines s'enfouissent toutes vivantes pour échapper au froid de l'hiver. *(Mouvement.)*
Voilà un fait. En voici d'autres : Ces jours derniers, un homme, mon Dieu, un malheureux homme de lettres, car la misère n'épargne pas plus les professions libérales que les professions manuelles, un malheureux homme est mort de faim, mort de faim à la lettre, et l'on a constaté, après

sa mort, qu'il n'avait pas mangé depuis six jours. *(Longue interruption.)* Voulez-vous quelque chose de plus douloureux encore ? Le mois passé, pendant la recrudescence du choléra, on a trouvé une mère et ses quatre enfants qui cherchaient leur nourriture dans les débris immondes et pestilentiels[3] des charniers de Montfaucon[4] ! *(Sensation.)*

Eh bien, messieurs, je dis que ce sont là des choses qui ne doivent pas être ; je dis que la société doit dépenser toute sa force, toute sa sollicitude, toute son intelligence, toute sa volonté, pour que de telles choses ne soient pas ! Je dis que de tels faits, dans un pays civilisé, engagent la conscience de la société tout entière ; que je m'en sens, moi qui parle, complice et solidaire *(mouvement)*, et que de tels faits ne sont pas seulement des torts envers l'homme, que ce sont des crimes envers Dieu ! *(Sensation prolongée.)*

Voilà pourquoi je suis pénétré, voilà pourquoi je voudrais pénétrer tous ceux qui m'écoutent de la haute importance de la proposition qui vous est soumise. Ce n'est qu'un premier pas, mais il est décisif. Je voudrais que cette assemblée, majorité et minorité, n'importe, je ne connais pas, moi, de majorité et de minorité en de telles questions ; je voudrais que cette assemblée n'eût qu'une seule âme pour marcher à ce grand but, à ce but magnifique, à ce but sublime, l'abolition de la misère ! *(Bravo ! – Applaudissements.)*

Et, messieurs, je ne m'adresse pas seulement à votre générosité, je m'adresse à ce qu'il y a de plus sérieux dans le sentiment politique d'une assemblée de législateurs ! Et, à ce sujet, un dernier mot : je terminerai par là.

Messieurs, comme je vous le disais tout à l'heure, vous venez, avec le concours de la Garde nationale, de l'armée et de toutes les forces vives du pays, vous venez de raffermir l'État ébranlé encore une fois. Vous n'avez reculé devant aucun péril, vous n'avez hésité devant aucun devoir. Vous avez sauvé la société régulière, le gouvernement légal, les institutions, la paix publique, la civilisation même. Vous avez fait une chose considérable... Eh bien ! vous n'avez rien fait ! *(Mouvement.)*

Vous n'avez rien fait, j'insiste sur ce point, tant que l'ordre matériel raffermi n'a point pour base l'ordre moral consolidé ! *(Très-bien ! très-bien ! – Vive et unanime adhésion.)* Vous n'avez rien fait tant que le peuple souffre ! *(Bravos à gauche.)* Vous n'avez rien fait tant qu'il y a au-dessous de vous une partie du peuple qui désespère ! Vous n'avez rien fait tant que ceux qui sont dans la force de l'âge et qui travaillent peuvent être sans pain ! tant que ceux qui sont vieux et qui ont travaillé peuvent être sans asile ! tant que l'usure[5] dévore nos campagnes, tant qu'on meurt de faim dans nos villes *(mouvement prolongé)*, tant qu'il n'y a pas des lois fraternelles, des lois évangéliques qui viennent de toutes parts en aide aux pauvres familles honnêtes, aux bons paysans, aux bons ouvriers, aux gens de cœur ! *(Acclamations.)* Vous n'avez rien fait tant que l'esprit de révolution a pour auxiliaire la souffrance publique ! Vous n'avez rien fait, rien fait, tant que dans cette œuvre de destruction et de ténèbres, qui se continue souterrainement, l'homme méchant a pour collaborateur fatal l'homme malheureux !

Vous le voyez, messieurs, je le répète en terminant, ce n'est pas seulement à votre générosité que je m'adresse, c'est à votre sagesse, et je vous conjure d'y réfléchir. Messieurs, songez-y, c'est l'anarchie qui ouvre les abîmes, mais c'est la misère qui les creuse. *(C'est vrai ! c'est vrai !)* Vous avez fait des lois contre l'anarchie, faites maintenant des lois contre la misère ! *(Mouvement prolongé sur tous les bancs. – L'orateur descend de la tribune et reçoit les félicitations de ses collègues.)*

Victor Hugo, extrait de son « Discours sur la misère », 9 juillet 1849.

1. cloaques : endroits malsains et sordides, lieux servant de dépôts d'immondices.
2. fange : boue qui s'accumulait dans les rues de Paris, où le nettoyage municipal n'existait pas comme aujourd'hui.
3. pestilentiels : nauséabonds, infects.
4. Situé dans le 10e arrondissement de Paris, Montfaucon est le lieu où se trouvait, au XIIIe siècle et jusqu'au XVIIe siècle, une potence. Les cadavres des suppliciés y pourrissaient.
5. usure : prêt à un taux très élevé.

Texte D : Victor Hugo, *Les Contemplations*

Dans* Les Contemplations*, parues en 1856, Victor Hugo donne un « album romantique », c'est-à-dire un recueil autobiographique dans lequel l'histoire personnelle du poète doit s'élever à la dimension d'une vision universelle de la poésie. Dans le poème « Melancholia », il relate la vision d'une famille de pauvres, dans un langage qui appelle à se révolter contre la possibilité qu'existent de semblables situations.

Où vont tous ces enfants dont pas un seul ne rit ?
Ces doux êtres pensifs, que la fièvre maigrit ?
Ces filles de huit ans qu'on voit cheminer seules ?

Ils s'en vont travailler quinze heures sous des meules ;
Ils vont, de l'aube au soir, faire éternellement
Dans la même prison le même mouvement.
Accroupis sous les dents d'une machine sombre,
Monstre hideux qui mâche on ne sait quoi dans l'ombre,
Innocents dans un bagne, anges dans un enfer,
Ils travaillent. Tout est d'airain[1], tout est de fer.
Jamais on ne s'arrête et jamais on ne joue.
Aussi quelle pâleur ! la cendre est sur leur joue.
Il fait à peine jour, ils sont déjà bien las.
Ils ne comprennent rien à leur destin, hélas !
Ils semblent dire à Dieu : « Petits comme nous sommes,
Notre Père, voyez ce que nous font les hommes ! »
Ô servitude infâme imposée à l'enfant !
Rachitisme ! travail dont le souffle étouffant
Défait ce qu'a fait Dieu ; qui tue, œuvre insensée,
La beauté sur les fronts, dans les cœurs la pensée,
Et qui ferait – c'est là son fruit le plus certain –
D'Apollon un bossu, de Voltaire un crétin !
Travail mauvais qui prend l'âge tendre en sa serre,
Qui produit la richesse en créant la misère,
Qui se sert d'un enfant ainsi que d'un outil !

Victor Hugo, extrait de « Melancholia » (écrit en juillet 1838), *Les Contemplations*, 1856.

1. **airain :** bronze.

Texte E : Karl Marx et Friedrich Engels, *Manifeste du Parti communiste*

Karl Marx (1818-1883), économiste, historien, philosophe et théoricien politique allemand, a donné une description précise et assez glaçante du fonctionnement du capitalisme dans son chef-d'œuvre,* Le Capital, *dont le premier tome paraît en 1867.

***En 1848, Karl Marx rédige, avec le théoricien socialiste allemand Friedrich Engels (1820-1895), les statuts de la « Ligue des justes » (association rebaptisée « Ligue des communistes », formée de révolutionnaires allemands réfugiés à Paris puis à Londres). Ce texte devient ensuite le* Manifeste du Parti communiste.**

Dans cet extrait, Karl Marx décrit dans toute leur crudité la violence des rapports de production nés de l'industrialisation : l'ouvrier, l'homme, est transformé en une marchandise, un prolongement de la machine. Son travail est devenu aliénant et sans valeur et son existence est promise à la misère matérielle et morale. Cette analyse est le pendant théorique de personnages de fiction comme Claude Gueux ou les* Mendiants *de Gustave Doré. En effet, par des moyens littéraires ou picturaux, ces deux artistes veulent dénoncer la même injustice.

Mais la bourgeoisie n'a pas seulement forgé les armes qui la mettront à mort : elle a produit aussi les hommes qui manieront ces armes – les ouvriers modernes, les *prolétaires*.

À mesure que grandit la bourgeoisie, c'est-à-dire le capital, se développe aussi le prolétariat, la classe des ouvriers modernes qui ne vivent qu'à la condition de trouver du travail et qui n'en trouvent que si leur travail accroît le capital. Ces ouvriers, contraints de se vendre au jour le jour, sont une marchandise au même titre que tout autre article de commerce ; ils sont exposés, par conséquent, de la même façon à toutes les vicissitudes de la concurrence, à toutes les fluctuations du marché.

Le développement du machinisme et la division du travail, en faisant perdre au travail de l'ouvrier tout caractère d'autonomie, lui ont fait perdre tout attrait. L'ouvrier devient un simple accessoire de la machine, dont on n'exige que l'opération la plus simple, la plus monotone, la plus vite apprise. Par conséquent, les frais qu'entraîne un ouvrier se réduisent presque exclusivement au coût des moyens de subsistance nécessaires à son entretien et la reproduction de son espèce. Or le prix d'une marchandise, et donc le prix du travail également, est égal à son coût de production. Donc, plus le travail devient répugnant, plus les salaires baissent. Bien plus, à mesure que se développent le machinisme et la division du travail, la masse de travail s'accroît, soit par l'augmentation des heures de travail, soit par l'augmentation du travail exigé dans un temps donné, l'accélération du mouvement des machines, etc.

L'industrie moderne a fait du petit atelier du maître artisan patriarcal la grande fabrique du capitaliste industriel. Des masses d'ouvriers, concentrés dans la fabrique, sont organisés militairement. Simples soldats de l'industrie, ils sont placés sous la surveillance d'une hiérarchie complète de sous-officiers et d'officiers. Ils ne sont pas seulement les esclaves de la classe bourgeoise, de l'État bourgeois, mais encore, chaque jour, à chaque heure, les esclaves de la machine, du contremaître, et surtout du bourgeois fabricant lui-même. Ce despotisme est d'autant plus mesquin, odieux, exaspérant qu'il proclame plus ouvertement le profit comme étant son but suprême.

Moins le travail manuel exige d'habileté et de force, c'est-à-dire plus l'industrie moderne se développe, et plus le travail des hommes est supplanté par celui des femmes et des enfants. Les différences d'âge et de sexe n'ont plus de valeur sociale pour la classe ouvrière. Il n'y a plus que des instruments de travail dont le coût varie suivant l'âge et le sexe.

Une fois achevée l'exploitation de l'ouvrier par le fabricant, c'est-à-dire lorsque celui-ci lui a compté son salaire, l'ouvrier devient la proie d'autres membres de la bourgeoisie : du propriétaire, du détaillant, du prêteur sur gages, etc.

Petits industriels, petits commerçants et rentiers, petits artisans et paysans, tout l'échelon inférieur des classes moyennes de jadis, tombent dans le prolétariat ; en partie parce que, leur faible capital ne leur permettant pas d'employer les procédés de la grande industrie, ils succombent à la concurrence avec les grands capitalistes ; d'autre part, parce que leur habileté est dépréciée par les méthodes nouvelles de production. De sorte que le prolétariat se recrute dans toutes les classes de la population.

Le prolétariat passe par différentes phases de développement. Sa lutte contre la bourgeoisie commence avec son existence même.

La lutte est d'abord engagée par des ouvriers isolés, ensuite par les ouvriers d'une même fabrique, enfin par les ouvriers d'une même branche d'industrie, dans une même localité, contre le bourgeois qui les exploite directement. Ils ne dirigent pas leurs attaques contre les rapports bourgeois de production seulement : ils les dirigent contre les instruments de production eux-mêmes ; ils détruisent les marchandises étrangères qui leur font concurrence, brisent les machines, mettent le feu aux fabriques et s'efforcent de reconquérir la position perdue de l'ouvrier du Moyen Âge.

Karl Marx et Friedrich Engels, *Manifeste du Parti communiste* (1848), traduction de Michèle Tailleur, Éditions sociales, 1976.

Document : Ouvriers du XIXe siècle

Ce document est extrait du volume Les Grandes Usines, *daté de 1868, et représente des fabricants de carreaux.*

Corpus

Texte A : Extrait de *Claude Gueux* de Victor Hugo (p. 74, l. 775, à p. 77, l. 864).
Texte B : Extrait du *Livre du peuple* de Robert Félicité de Lamennais (pp. 80-82).
Texte C : Extrait du « Discours sur la misère » de Victor Hugo (pp. 82-85).
Texte D : Extrait de « Melancholia » dans *Les Contemplations* de Victor Hugo (pp. 85-86).
Texte E : Extrait du *Manifeste du Parti communiste* de Karl Marx et Friedrich Engels (pp. 86-88).
Document : Ouvriers du XIXe siècle (p. 89).

Examen des textes et de l'image

❶ Quels sont les points communs entre les personnages cités dans les différents textes de Victor Hugo (texte A, C et D) ?
❷ Expliquez et commentez la cohérence de la pensée de l'écrivain Hugo (textes A et D) et de l'homme politique (texte C). En quelle mesure peut-on dire que les deux dimensions de cet auteur se nourrissent mutuellement ?
❸ Peut-on dire que l'écrivain Hugo (textes A et D) et l'homme politique (texte C) se sont inspirés des théories de Lamennais (texte B) ?
❹ Victor Hugo (textes A et C) et Robert Félicité de Lamennais (texte B) demandent-ils la même chose pour le peuple ?
❺ En quoi le texte de Karl Marx et Friedrich Engels (texte E) diffère-t-il radicalement, dans ses analyses et ses conclusions, des textes de Robert Félicité de Lamennais (texte B) et de Victor Hugo (texte C) ?
❻ Le texte de Karl Marx et Friedrich Engels (texte E) permet-il de mieux comprendre les causes de la misère des personnages décrits par Victor Hugo (textes A et D) ?

Travaux d'écriture

Question préliminaire

D'après les extraits de ce corpus et le document, en quelle mesure peut-on dire que le peuple et la question sociale ont fait leur entrée en littérature ?

Commentaire

Vous ferez le commentaire de l'extrait du *Livre du peuple* de Robert Félicité de Lamennais (texte B).

Dissertation

Pensez-vous que la littérature puisse être un bon moyen de lutter contre la misère et les inégalités sociales ? Vous répondrez en vous appuyant sur vos lectures personnelles et les extraits proposés.

Écriture d'invention

Rédigez un discours s'adressant à une assemblée de décideurs, dans lequel vous prenez la défense de personnes qui vous paraissent être injustement accusées et traitées en coupables.

Claude Gueux : bilan de première lecture

❶ Quel est le métier de Claude Gueux ?

❷ Pour quel motif Claude Gueux est-il condamné ?

❸ Quelles relations Claude Gueux entretient-il avec les autres détenus ?

❹ Comment s'appelle l'ami de Claude Gueux et que lui apporte-t-il qui lui fait défaut ?

❺ Pourquoi le gardien-chef des ateliers sépare-t-il Claude Gueux de son ami ?

❻ Quelle est la réaction de Claude Gueux à cette séparation ?

❼ Quelle décision prend Claude Gueux ? Par quelles étapes passe-t-il pour la réaliser ?

❽ Comment Claude Gueux demande-t-il l'avis de ses codétenus sur cette décision ?

❾ Quels arguments Claude Gueux donne-t-il pour démontrer qu'il a répondu à une provocation ?

❿ À quelle sentence Claude Gueux est-il condamné ? La délibération fut-elle longue et pourquoi ?

⓫ Quel objet Claude Gueux garde-t-il dans sa main jusque sur l'échafaud ?

⓬ À qui s'adresse le long discours de Victor Hugo à la fin du récit ?

⓭ Quelle profession Victor Hugo veut-il supprimer et au profit de quelle autre ?

⓮ À la lecture de ce discours final, peut-on dire que *Claude Gueux* ne traite que de la question de l'abolition de la peine de mort ?

Dossier Bibliolycée

Victor Hugo, l'homme-siècle

Géant de la littérature qui a mis un « *bonnet rouge à ce coquin d'alexandrin* », royaliste ultra, pair de France, député royaliste de droite, révolté, proscrit et exilé, puis député de gauche, finalement symbole de la République triomphante après l'échec du Second Empire, Victor Hugo est difficile à résumer. Homme-siècle par sa longévité (83 ans) et parce qu'il épouse et incarne les soubresauts du XIXe siècle, il est aussi, par l'immensité de son œuvre et ses mystères, un « *homme-océan* », pour reprendre sa formule à propos de Shakespeare.

Un enfant prodige (1802-1821)

Bouleversements

Dès sa naissance, le 26 février 1802 à Besançon, Victor Hugo est plongé dans les déchirements et l'agitation politique de son siècle. En effet, son père, Léopold Hugo, soldat de la Révolution et fidèle de Napoléon Bonaparte, deviendra général d'Empire en 1809, alors que sa mère, Sophie Trébuchet, d'origine vendéenne, est une royaliste convaincue.
En 1804, Mme Hugo s'installe avec Victor et ses deux frères aînés impasse des Feuillantines, dans le 5e arrondissement de Paris. Elle y reçoit son amant, le général Lahorie, un monarchiste qui s'oppose à l'Empereur, tandis que Léopold continue à parcourir l'Europe au gré de ses affectations militaires. Sa famille le rejoindra deux fois : à Naples, en 1807, et en Espagne, de 1811 à 1812, où il est gouverneur de plusieurs provinces.
Durant le voyage à travers l'Espagne, le jeune Victor, âgé de 9 ans, assiste aux atrocités des armées napoléoniennes qui écrasent dans le sang la révolte des patriotes. Ces scènes, peintes par Goya, marquent le jeune Victor : une partie de son œuvre

(Hernani, Ruy Blas) s'inspire de l'Espagne, « *pays où l'on prononce* b *pour* v » (note de voyage, 1843), et il s'engagera tout au long de sa vie contre la peine de mort.

Entre ses parents, la mésentente est consommée : Léopold demande le divorce et Sophie rentre à Paris à la fin de l'année avec ses fils Eugène et Victor, l'aîné (Abel) demeurant avec leur père. Un drame les frappe alors : le général Lahorie, qui conspirait contre Napoléon, est arrêté et fusillé.

Pendant plusieurs années, de 1815 à 1818, date à laquelle le jugement de divorce enfin prononcé confie les enfants à leur mère, les trois fils sont ballottés entre leurs deux parents.

« Je veux être Chateaubriand ou rien »

Malgré cette existence nomade, Victor Hugo et ses frères sont de brillants élèves du lycée Louis-le-Grand et acquièrent une culture immense. Victor, qui sait le latin à 10 ans, est un écrivain précoce : non seulement il écrit des centaines de vers et s'essaie à la tragédie, mais ses œuvres sont très tôt reconnues. En 1817, à l'âge de 15 ans, il obtient une mention à un concours de poésie française de l'Académie ; deux ans plus tard, il obtient le Prix de l'Académie des jeux floraux de Toulouse, puis il fonde avec ses frères la revue *Le Conservateur littéraire*, titre en forme d'hommage à Chateaubriand (son journal s'intitule *Le Conservateur*) qu'il admire et qui le qualifiera « *d'enfant sublime de la littérature* ». Ensuite, Hugo et son frère Eugène abandonnent leurs études de droit pour se consacrer à la littérature et à l'écriture.

Influencé par sa mère, Victor Hugo est conservateur et monarchiste. En 1820, une *Ode sur la mort du duc de Berry* lui vaut une gratification royale et fait de lui un écrivain officiel du régime. La mort de sa mère, l'année suivante, le rapproche de son père et lui permet d'envisager le mariage avec son amie d'enfance et voisine de la rue des Feuillantines, Adèle Foucher, qu'il épousera en 1822.

De l'écrivain « juste-milieu » au chef de file du romantisme (1822-1851)

Un royaliste convaincu

Fidèle aux idées conservatrices et monarchistes, Victor Hugo poursuit son ascension dans la carrière littéraire : il publie un premier recueil, *Odes et Poésies diverses* (1822), puis un roman d'inspiration gothique, *Han d'Islande* (1823), et de *Nouvelles Odes* (1824).

Après la mort de leur premier fils en 1823, les Hugo donnent naissance à Léopoldine qui sera suivie de trois autres enfants.

Auteur royaliste et courtisan, Hugo est soutenu et récompensé par le régime (il est fait chevalier de la Légion d'honneur et pensionné). Adulé par les salons, il fréquente celui de Charles Nodier avec qui il est invité, en 1825, au sacre de Charles X à Reims. Mais cette recherche d'honorabilité n'empêche pas la réflexion politique : dès 1827, *Cromwell*, pièce injouable en raison de sa longueur, marque une rupture dans sa pensée politique et esthétique.

La rupture de *Cromwell*

Oliver Cromwell est un député anglais protestant qui, reprochant sa trop grande tolérance envers les catholiques au roi d'Angleterre Charles Ier, le combattit et le fit exécuter en 1649 puis instaura une république dictatoriale. À travers ce régicide, Hugo se pose la question de la révolution et du pouvoir qui peut succéder à la monarchie une fois qu'elle a été décapitée.

Conjointement, dans la préface, il définit l'esthétique du drame moderne « *qui fond sous un même souffle le grotesque et le sublime* ».
Hugo connaît en 1829 une période d'intense activité poétique : après avoir publié *Les Orientales*, il fait paraître *Le Dernier Jour d'un condamné,* étonnant monologue d'un condamné à mort anonyme et vibrant plaidoyer* contre la peine de mort, sujet de préoccupation constant pour lui dont il reprendra le thème dans *Claude Gueux* ; enfin, il écrit *Marion de Lorme*, pièce interdite par la censure.

Le chef de file des romantiques

Le romantisme est, depuis la parution des *Méditations poétiques* de Lamartine, un mouvement poétique et littéraire dont l'influence va grandissant. Ce mouvement réhabilite le *moi*, l'émotion et la nature, il remet au goût du jour des écrivains anciens et étrangers et refuse le rationalisme asséché des classiques et des écrivains des Lumières. Victor Hugo y occupe une place de premier plan : depuis 1827, il tient chez lui salon, le « Cénacle romantique », animé par l'influent critique Sainte-Beuve, théoricien du mouvement, et où se croisent Balzac, Vigny, Musset, Dumas, le peintre Delacroix, Gautier, Nodier... Le 30 septembre 1829, on y lit *Hernani* et on s'enthousiasme pour cette pièce qui brise les canons du théâtre classique (notamment les trois unités de temps, de lieu et d'action) et qui va faire de Victor Hugo, lors de la « bataille d'*Hernani* », le chef de file des romantiques. En effet, le jour de la première à la Comédie-Française, les « Jeune-France » romantiques du parterre, parmi lesquels Théophile Gautier vêtu d'un gilet rouge flamboyant, insultent copieusement les spectateurs des tribunes, fidèles aux règles classiques et qui reprochent à la pièce son écriture prosaïque.

* *Cf.* Lexique.

Cette bataille est suivie par les Trois Glorieuses (27-29 juillet 1830), journées au cours desquelles la bourgeoisie se révolte et force Charles X à abdiquer au profit de Louis-Philippe, roi débonnaire et bourgeois. Victor Hugo, pour sa part, reste fidèle à la monarchie et à son rôle d'écrivain « officiel », qui lui vaut d'être finalement élu à l'Académie française en 1841, puis nommé pair de France en 1845. Mais, entre-temps, sa réflexion sur l'histoire et la politique s'est approfondie, notamment avec la publication de *Notre-Dame de Paris* (1831), de *Claude Gueux* (1834) et de *Ruy Blas* (1838). Dans cette dernière pièce, il met en scène une cour d'Espagne corrompue du fait de la défaillance de l'autorité royale et qui, par ses travers, ressemble étrangement à la cour de la monarchie française.

Naissance de la conscience politique

Sa vie intime est marquée par des bouleversements : sa femme le trompe avec son ami Sainte-Beuve ; en 1833, l'actrice Juliette Drouet devient sa maîtresse, et même si cet amour durera jusqu'à sa mort, c'est pour Hugo le début d'une longue série de relations amoureuses. Les drames aussi se succèdent : en 1837, son frère Eugène décède à l'asile de Charenton, où il était interné pour des troubles mentaux, et, en 1843, sa fille Léopoldine se noie avec son mari.

Ses recueils poétiques *Les Feuilles d'automne* (1831), *Les Voix intérieures* (1837) et *Les Rayons et les Ombres* (1840) témoignent alors d'une inflexion vers l'intime et de la conscience de l'achèvement d'un cycle.

En 1842, *Le Rhin*, étonnante compilation de lettres et de notes de voyages rédigées au cours de deux voyages en Allemagne, manifeste explicitement l'intérêt de Victor Hugo pour la politique. Il y prend parti contre « *les haines de peuples à peuples, les antipathies de races, les aveuglements de nationalité* » et y esquisse un rapprochement franco-allemand qui préfigure son engagement en faveur des « *États-Unis d'Europe* » (discours à la Chambre du 17 juillet 1851).

Peu après, en 1845, il commence la rédaction des *Misères,* qui deviendront *Les Misérables* : cet intérêt pour le peuple et ses souffrances, peu conforme à sa position sociale, est le signe avant-coureur d'un virage à gauche de Victor Hugo.

Le tournant de 1848

La révolution de février 1848 interrompt la rédaction des *Misères* car Victor Hugo se lance en politique. Le 24 février, le gouvernement provisoire, dirigé par Lamartine, abolit la pairie (titre de pair, membre de la chambre haute sous Louis-Philippe). Hugo est nommé maire provisoire du 8e arrondissement de Paris et se présente aux élections sur la liste de droite. Il n'est pas élu au scrutin général du 22 avril mais aux élections complémentaires de Paris en juin. Son premier discours à l'Assemblée porte sur les Ateliers nationaux (créés pour résorber le chômage, ils disparaissent rapidement). Député conservateur, Hugo prend cependant des positions progressistes et favorables au peuple. Son discours du 9 juillet 1849, dans lequel il réclame l'abolition de la misère qu'il tient pour responsable de l'agitation sociale, fait scandale et rend sa rupture avec la droite inévitable. L'année suivante, il s'oppose violemment à la loi Falloux qui confie l'enseignement aux congrégations religieuses. Enfin, le 17 juillet 1851, il prononce un violent discours contre Louis Napoléon Bonaparte, élu président de la République depuis le 10 décembre 1848 et dont il pressent les desseins despotiques. À la fin du mois, ses fils Charles et François-Victor sont emprisonnés. Le 2 décembre 1851, il tente d'organiser la résistance au coup d'État du futur empereur Napoléon III ; le 11 décembre, il se réfugie en Belgique.

L'exil (1852-1870)

Une famille en fuite

Le 9 janvier 1852, après la proclamation du Second Empire, Victor Hugo est proscrit ; l'accès au territoire français lui est interdit. Il quitte Bruxelles et se réfugie d'abord sur l'île de Jersey, à Marine-Terrace. Juliette Drouet l'y rejoint et prend pension à proximité. Cette même année, il publie *Napoléon-le-Petit*, pamphlet violent contre Napoléon III, suivi en 1853 par *Châtiments,* recueil poétique polémique interdit en France mais qui y est très lu car il y arrive en contrebande, parfois caché dans des bustes à l'effigie de Napoléon III.

La période est féconde : le poète écrit des épopées *(La Fin de Satan, Dieu)* et achève *Les Contemplations.* Il reconstitue autour de lui un cercle familier d'exilés et de proscrits, tout en maintenant le contact avec des écrivains demeurés en France, se tenant ainsi informé sur l'état de son pays. C'est l'époque aussi où Victor Hugo s'éprend de spiritisme et fait tourner les tables en famille pour faire parler les esprits, activité qui dure environ jusqu'en 1855, année où il est expulsé de Jersey et où il part s'installer sur l'île de Guernesey, à Hauteville-House, qu'il achètera l'année suivante grâce au succès phénoménal des *Contemplations*, « album romantique » où il revient sur la mort de Léopoldine et sur son expérience poétique, qui paraissent en 1856.

Il commence aussi la rédaction de *La Légende des siècles* et se remet à son projet, interrompu en 1848, des *Misères*, qui deviendra *Les Misérables.*

« Et s'il n'en reste qu'un, je serai celui-là ! » (Les Châtiments)

En 1859, le Second Empire, qui veut paraître plus libéral, accorde par décret l'amnistie aux condamnés du coup d'État. Mais Victor

Hugo la refuse et demeure à Guernesey : « *Fidèle à l'engagement que j'ai pris vis-à-vis de ma conscience, je partagerai jusqu'au bout l'exil de la liberté. Quand la liberté rentrera, je rentrerai* », déclare-t-il le 18 août 1859. Il adresse des discours aux nations émergentes et gagne la stature d'une conscience internationale.

En 1865, son fils Charles se marie à Bruxelles : il lui donnera deux petits-enfants. En 1868, son épouse Adèle décède.

Victor Hugo ne cesse d'écrire : *Les Misérables* paraissent en 1862, suivis par le recueil *Les Chansons des rues et des bois* et les romans *Les Travailleurs de la mer* (1866) et *L'Homme qui rit* (1869).

Le 19 juillet 1870, la France déclare la guerre à la Prusse. L'armée est écrasée à Sedan le 2 septembre et Napoléon III fait prisonnier. Le 4 septembre, la République est proclamée ; le lendemain, Victor Hugo est à Paris où il est acclamé.

L'art d'être grand-père (1871-1885)

Une icône républicaine

Pendant le siège de Paris et la Commune, Victor Hugo est élu député de la gauche républicaine à l'Assemblée nationale réfugiée à Bordeaux puis à Versailles. Mais il démissionne de cette assemblée dominée par la droite et part en Belgique régler la succession de son fils Charles décédé. Expulsé pour avoir hébergé des communards, il s'installe au Luxembourg et revient à Paris en septembre 1873.

Victor Hugo demande et finit par obtenir l'amnistie totale des communards, votée en 1880. Mais la République démocratique et parlementaire est fragile. En 1873, soutenu par une coalition conservatrice (l'Ordre moral), Mac-Mahon est élu président et tente, en 1877, de profiter d'une crise gouvernementale pour ramener la monarchie des Bourbons au pouvoir. Élu sénateur de gauche l'année précédente, Victor Hugo publie *Histoire d'un crime,* récit du coup d'État du 2 décembre 1851, pour avertir les Français du danger qu'ils courent de subir à nouveau la dictature.

Sur le plan personnel, les années 1871-1872 sont une période douloureuse : au décès de Charles en 1871 succèdent celui de son autre fils Eugène et l'internement pour démence de sa fille Adèle en 1872.

Sur le plan littéraire, Victor Hugo publie en 1874 son dernier roman, *Quatrevingt-treize*, et en 1877 son dernier recueil de poésie, *L'Art d'être grand-père*, qu'il dédie à ses petits-enfants.

Les dernières années

En 1878, Victor Hugo est frappé par une congestion cérébrale, et même si des ouvrages écrits antérieurement continuent à paraître, il cesse d'écrire et se partage entre les honneurs et la politique. En 1882, il est réélu au Sénat. En 1883, il perd Juliette Drouet. Il meurt le 22 mai 1885. Il est inhumé au Panthéon, lors de funérailles nationales, suivies par un rassemblement de plus d'un million de personnes.

La monarchie de Juillet

On ne peut pas comprendre le sens et la visée, éminemment politique et sociale, d'une œuvre comme *Claude Gueux* sans la mettre en perspective avec les controverses politiques et le débat public français des années 1820-1840, qui voit s'opposer, d'une part, les partisans du retour à la monarchie (c'est-à-dire la « Restauration ») et les républicains, sensibles aux souffrances du peuple et partisans des libertés publiques – comme la liberté d'expression.

La Restauration : le retour à l'Ancien Régime

Le 4 avril 1814, Napoléon Ier ayant été contraint d'abdiquer, la monarchie est à nouveau instaurée en France. Cette première Restauration est interrompue par le retour de l'Empereur, de mars à juin 1815 (épisode des Cent-Jours), et suivie par une seconde Restauration, après la défaite de Waterloo (18 juin 1815) et l'abdication définitive de Napoléon Ier (22 juin). Le régime de la Restauration voit revenir sur le trône un Bourbon : Louis XVIII (frère de Louis XVI), à qui succède son frère Charles X, en 1824. L'aristocratie et les franges les plus rétrogrades de la société française, qui souhaitent revenir sur les acquis de la Révolution française et « restaurer » les valeurs de l'Ancien Régime, soutiennent ces deux rois.

Ce régime, bien qu'il soit une monarchie constitutionnelle fondée sur une charte adoptée en 1814, reste très autoritaire et inégalitaire. La Chambre des députés est élue au suffrage censitaire (seuls les gros contribuables, c'est-à-dire les riches, votent) ; de plus, le roi peut la dissoudre à sa guise. L'aristocratie se réserve les principaux postes et tient les ministères, le Parlement et la diplomatie, maintenant ainsi la bourgeoisie à l'écart de l'exercice effectif du pouvoir. La société fonctionne alors dans les faits comme la société d'ordres de l'Ancien Régime, dans laquelle les places et les charges étaient attribuées sur des critères de naissance et non de mérite. Cet équilibre précaire tient tant que l'autorité de la monarchie assure la prospérité du pays mais la crise économique qui assombrit la fin du règne de Charles X mécontente la bourgeoisie d'affaires. En juillet 1830, la décision du Premier ministre Polignac de supprimer la liberté de la presse et de réduire le nombre d'électeurs met le feu aux poudres et provoque la révolution de Juillet.

La monarchie de Juillet

Les Trois Glorieuses

L'expression désigne les trois journées des 27, 28 et 29 juillet 1830, au cours desquelles le peuple et la bourgeoisie (qui tient la Garde nationale) de Paris se réunissent derrière le drapeau tricolore, symbole de la République, et contraignent Charles X à abdiquer (2 août). Mais cette alliance est éphémère : la bourgeoisie craint la République, jugée trop égalitaire. C'est la raison pour laquelle une monarchie plus libérale, tricolore mais autoritaire, est instaurée. Louis-Philippe d'Orléans, proclamé « roi des Français » (et non plus « roi de France »), monte sur le trône et la charte de 1814 (citée dans *Claude Gueux* avec ironie) est rénovée pour y intégrer plus de droits civiques, comme la liberté de la presse.

Un régime affairiste et autoritaire

Ce régime est marqué par le début de l'ère de la grande industrie mangeuse de main-d'œuvre peu qualifiée. On voit ainsi se former de grandes concentrations d'ouvriers autour et dans les villes, de plus en plus misérables en raison d'un statut précaire et de très bas salaires. Les familles entières sont au travail. La journée de travail est de quinze heures et les enfants travaillent eux aussi, dès l'âge de six ans.

Des révoltes éclatent. En novembre 1831, les canuts, ouvriers soyeux de Lyon, se mettent en grève pour obtenir un salaire minimum qui leur est refusé au nom de la libre entreprise. Pire, le gouvernement réprime cette insurrection dans un bain de sang (5 décembre).

L'agitation sociale est doublée de la rébellion des républicains qui veulent renverser le roi. C'est le temps des barricades, rapporté par Victor Hugo dans sa fresque *Les Misérables*, dont la dernière partie se déroule pendant l'insurrection parisienne de juin 1832, au cours de laquelle étudiants et ouvriers s'allient contre la monarchie. La liberté d'expression et de la presse est à nouveau de pure façade : Victor Hugo, par exemple, subit les foudres de la censure, avec l'interdiction, en 1832, de sa pièce *Le roi s'amuse,* interprétée comme une critique du règne de Louis-Philippe.

La misère et la justice

La génération romantique, dont Victor Hugo devient le chef de file en 1830, regroupe des écrivains qui, comme Chateaubriand, Lamartine, Vigny ou Hugo, non seulement se sont intéressés aux affaires de leur temps mais y ont pris des responsabilités politiques. Pour Victor Hugo, qui l'affirme dans *Les Rayons et les Ombres* (« Fonction du poète »), le poète doit être une sorte de conscience et de guide et c'est un devoir pour lui que de prendre part aux affaires de la cité.

Sous la monarchie de Juillet, le développement de la misère, lié à l'apparition d'une nouvelle classe ouvrière surexploitée et urbaine, est, pour les romantiques, un sujet de préoccupation et de réflexion constant. Alphonse de Lamartine intervient en ce sens à la Chambre en 1834, tandis que Victor Hugo écrit dans la préface de *Littérature et Philosophie mêlées* qu'il faut « *substituer les questions sociales aux questions politiques* ». Le développement dans de telles proportions de la misère, que Victor Hugo dénonce dans ses œuvres comme dans ses discours (*cf.* p. 82), est pour eux un scandale et la manifestation de l'échec du gouvernement monarchique. Ces analyses ont d'autant plus de force qu'elles sont largement développées par les penseurs moralistes ou politiques dont le discours social se fait de plus en plus critique.

Il y a d'abord, en 1834, le retentissement énorme des *Paroles d'un croyant* de l'abbé Félicité de Lamennais (modèle du Mgr Myriel des *Misérables)* qui critique la société capitaliste naissante. Il y a ensuite les théories de socialistes utopiques comme Saint-Simon (1760-1825), Charles Fourier (1772-1837) et Pierre Joseph Proudhon (1809-1865), qui tous trois critiquent l'inégalité des rapports de production (Fourier écrit ainsi : « *Les manufactures prospèrent en raison de l'appauvrissement des ouvriers* ») et proposent d'autres modèles de société, sans hésiter à remettre en cause la propriété privée ou l'existence de l'État.

Le débat sur la justice pénale et la peine de mort s'inscrit dans ce cadre : Jean Valjean comme Claude Gueux sont condamnés non pour leur méchanceté mais pour leur pauvreté. Deux camps s'opposent : d'un côté, ceux qui estiment que le délinquant est criminel car sa nature est viciée ; de l'autre, ceux qui pensent au contraire que le délinquant est une victime et que ses actes résultent d'une situation sociale donnée. Victor Hugo s'inscrit parmi les seconds et dénonce le système judiciaire qui, selon lui, n'établit pas la justice mais sert à protéger les riches contre les miséreux. Le discours final de *Claude Gueux* est transparent sur ce point. Le système judiciaire est donc vu comme un miroir des inégalités sociales.

En effet, le Code pénal a beau avoir été adouci en 1830 (on y reconnaît les circonstances atténuantes, par exemple), le système carcéral et l'échelle des peines demeurent d'une grande brutalité et ne s'attaquent nullement aux causes sociales de la criminalité. C'est contre ce système que s'élève Victor Hugo dans *Claude Gueux*, avec, bien sûr, à son sommet, la peine capitale.

La peine de mort

Avec l'augmentation de la criminalité pendant les années 1820-1830, les exécutions capitales se succèdent à Paris avec une moyenne d'une par semaine. Elles ont lieu en public, sur la place de Grève (actuelle place de l'Hôtel-de-Ville), car on considère à l'époque que ce châtiment a une valeur exemplaire et qu'un tel spectacle doit frapper les foules et dissuader ceux qui y assistent de commettre les crimes dont se sont rendus coupables les condamnés.

La dramaturgie morbide de ces exécutions est toujours la même : le condamné arrive sous haute surveillance dans une charrette découverte, livré aux injures et aux crachats de la foule ; sa toilette (on coupe ses cheveux et le col de sa chemise pour supprimer tout obstacle au couperet de la guillotine) est faite à l'écart, puis il monte les marches de l'échafaud, les mains liées dans le dos, accompagné du bourreau et d'un prêtre ; on le couche sur la guillotine, le couperet descend et la tête tranchée tombe dans un panier dans un ruissellement de sang.

Ce spectacle lugubre et cruel est dénoncé par les opposants de la peine de mort qui estiment qu'au lieu d'avoir valeur d'exemple terrifiant – vertu que lui prêtent ses partisans –, il satisfait la curiosité malsaine de la foule et flatte les instincts de cruauté et de barbarie.

Le mépris de Victor Hugo pour les réactions de la foule est sensible, aussi bien dans le récit de l'exécution qu'il donne dans *Le Dernier Jour d'un condamné* que dans *Claude Gueux*. La foule « *hurle* », comme une meute au moment de la curée ; elle est appelée à la sauvagerie par la barbarie de l'exécution, comme le démontre la scène qui succède à l'exécution dans *Claude Gueux* : « *Admirable effet des exécutions publiques ! Ce jour-là même, la machine étant encore debout au milieu d'eux et pas lavée, les gens du marché s'ameutèrent pour une question de tarif et faillirent massacrer un employé de l'octroi. Le doux peuple que vous font ces lois-là !* »
La lutte pour l'abolition de la peine de mort est un combat éthique et philosophique : sa suppression est demandée au nom de l'humanité, pour le respect de la vie et contre la barbarie qu'une telle peine manifeste et flatte. Mais c'est aussi pour Victor Hugo un combat social et politique : avec *Claude Gueux*, il montre que la peine de mort ne s'abat que sur les miséreux et qu'il faut répondre à la misère par la justice et non par la répression.

Victor Hugo en son temps

	Vie et œuvre de Victor Hugo	Événements historiques et culturels
1802	Naissance à Besançon où son père, Léopold, est en garnison.	Chateaubriand, *René*. Bonaparte consul à vie.
1804	Mme Hugo vit à Paris avec ses fils.	Sacre de Napoléon Ier.
1805		Austerlitz.
1814		Napoléon abdique. Restauration et retour de Louis XVIII.
1815	Séparation définitive de ses parents.	Les Cent-Jours de Napoléon : défaite de Waterloo (18 juin) et exil définitif. Retour de Louis XVIII.
1817	Mention de l'Académie dans un concours de poésie.	
1819	Publie une revue avec ses frères, *Le Conservateur littéraire*.	
1820	*« Ode sur la mort du duc de Berry »*, qui lui vaut une gratification royale.	Lamartine, *Méditations poétiques*. Début du gouvernement ultra.
1821	Mort de sa mère. Reprise des relations avec son père.	Naissance de Charles Baudelaire et de Gustave Flaubert.
1822	Mariage avec Adèle Foucher. *Odes et Poésies diverses*.	Stendhal, *De l'Amour*.
1823	Rencontre de Charles Nodier. *Han d'Islande*, roman gothique.	
1824	Naissance de Léopoldine.	Charles X succède à Louis XVIII.
1825	Est invité avec Nodier au sacre.	Sacre de Charles X à Reims.
1826	*Odes et Ballades*. Naissance de Charles.	
1827	Préface de *Cromwell*. Hugo tient salon chez lui (le Cénacle).	
1828	Mort de son père. Naissance de François-Victor.	
1829	*Les Orientales, Le Dernier Jour d'un condamné, Marion de Lorme*.	Balzac, *Les Chouans*.

Chronologie

	Vie et œuvre de Victor Hugo	Événements historiques et culturels
1830	*Hernani.* Naissance d'Adèle. Sainte-Beuve courtise Mme Hugo.	Les Trois Glorieuses : Louis-Philippe prend le pouvoir. Stendhal, *Le Rouge et le Noir.*
1831	*Notre-Dame de Paris.*	
1832	*Le roi s'amuse*, pièce interdite après la première représentation.	
1833	*Lucrèce Borgia, Marie Tudor.* Rencontre Juliette Drouet.	
1834	*Claude Gueux.*	
1835	*Les Chants du crépuscule.*	Balzac, *Le Père Goriot.*
1837	Mort de son frère Eugène à l'asile.	Mérimée, *Contes.*
1838	*Ruy Blas.*	
1840	*Les Rayons et les Ombres.*	
1841	Élection à l'Académie française.	Balzac signe avec un éditeur le projet de *La Comédie humaine.*
1842	*Le Rhin.* Début de son intérêt pour la politique.	Balzac, avant-propos de *La Comédie humaine.*
1843	*Les Burgraves.* Mort de Léopoldine.	
1845	Nommé pair de France. Commence à rédiger *Les Misères,* première version des *Misérables.*	
1848	Refuse un ministère dans le gouvernement provisoire. Juin : élu député de Paris. S'engage à gauche.	Révolution de février ; proclamation de la IIe République. Marx, *Manifeste du Parti communiste.*
1851	Tente d'organiser la résistance. Doit fuir à Bruxelles le 11 décembre.	2 déc. : coup d'État de Louis Napoléon Bonaparte.
1852	En août, s'installe à Jersey avec sa famille. *Napoléon-le-Petit.*	
1853	*Les Châtiments.*	

Chronologie

	Vie et œuvre de Victor Hugo	Événements historiques et culturels
1855	Expulsé de Jersey, s'installe à Guernesey, à Hauteville-House.	
1856	*Les Contemplations* (dont le succès est phénoménal).	
1857		Procès des *Fleurs du mal* de Baudelaire et de *Madame Bovary* de Flaubert.
1859	*La Légende des siècles* (1re série). Refuse l'amnistie de Napoléon III.	Darwin, *De l'origine des espèces.*
1862	*Les Misérables.*	
1866	*Les Travailleurs de la mer.*	
1868	Mort de Mme Hugo.	
1869	*L'Homme qui rit.*	Flaubert, *L'Éducation sentimentale.*
1870	5 sept. : retour en Belgique. Est à Paris pendant le siège.	4 sept. : chute de l'Empire.
1871	Mort de son fils Charles. Est expulsé de Belgique pour avoir hébergé des communards. Échoue aux élections.	Commune de Paris. Proclamation de la IIIe République.
1874	*Quatrevingt-treize, Mes Fils.*	
1876	Élu sénateur, il intervient en faveur de l'amnistie des communards.	
1878	Une congestion cérébrale le laisse diminué.	Hector Malot, *Sans famille.*
1881		Loi Ferry sur la gratuité de l'enseignement primaire, obligatoire et laïque.
1882	*Torquemada.*	
1883	Mort de Juliette Drouet.	
1885	Décède le 22 mai. Funérailles nationales et inhumation au Panthéon.	

Schéma narratif

Un récit exemplaire

Victor Hugo, au début de *Claude Gueux*, affirme dire « *les choses comme elles sont, laissant le lecteur ramasser les moralités à mesure que les faits les sèment sur leur chemin* » (p. 9). Une telle phrase nous invite à analyser *Claude Gueux* comme un récit exemplaire, voire comme une parabole*, d'autant que l'image des semailles – et donc de la moisson – n'est pas sans rappeler les Évangiles, où abondent ces métaphores* issues des cycles naturels et agricoles.

Le schéma narratif de *Claude Gueux* est en effet celui d'un récit exemplaire : l'auteur y insiste sur quelques scènes importantes, laissant dans l'ombre de nombreux épisodes de la vie de son héros, et aboutit à un long plaidoyer* contre la peine de mort et la misère.

On soulignera en particulier le traitement très détaillé du meurtre du directeur et de l'exécution de Claude Gueux. Dans les deux cas, Hugo fait précéder la scène d'un « jugement », qui permet de discuter de manière approfondie les motivations et les causes de l'acte. La symétrie ainsi organisée invite inévitablement à comparer ces deux jugements et à comprendre que le jugement de Claude Gueux par un tribunal régulier est expéditif et injuste, alors que paradoxalement le jugement du directeur, pourtant rendu par des voleurs, a été conduit de manière approfondie et juste.

* *Cf.* Lexique.

Schéma narratif

ÉPISODE	**DURÉE**	**THÈME**	**PAGES**
Vie de Claude avant son arrestation pour avoir volé de la nourriture et du bois.	Indéterminée mais plusieurs années avant le vol.	Mise en valeur du motif noble du vol et donc de l'innocence de Claude, victime de la misère.	1
Claude Gueux en prison.	« *Moins de trois mois* ».	Claude règne sur les détenus par sa stature morale, qui s'oppose à la médiocrité du directeur.	5
Rencontre avec Albin : l'amitié contre le pain.	« *Un jour* ».	Amitié et humanité où le fort et le faible s'allient.	2
Séparation d'avec Albin par ordre du directeur.	« *Un matin* ».	La cruauté gratuite du directeur est une injustice choquante.	1
Après avoir réclamé plusieurs fois le retour d'Albin, que lui refuse le directeur, Claude pose un ultimatum.	Quelques jours, puis neuf jours « *du 25 octobre au 4 novembre* [1831] ».	Dénonciation du pouvoir arbitraire du directeur qui ne justifie pas sa décision.	4
Jugement du directeur et exécution par Claude.	Un jour, le 4 novembre. Temps bref mais très développé.	Moment très intense : Hugo reconstitue une sorte de cour de justice dans l'atelier, avant que le crime ait lieu. La scène se conclut par la question : « *Lequel des deux était la victime de l'autre ?* »	8
Procès et exécution de Claude.	« *Sept mois et quatre jours* ». L'exécution a lieu le 8 juin 1832 (l. 655, p. 55).	Le comportement exemplaire de Claude impressionne ses gardiens et contraste avec la sauvagerie de la foule lors de l'exécution.	8
Discours final de Hugo.		Tirer les leçons de cette histoire : – revoir les peines ; – lutter contre la misère.	7

Récit, roman et nouvelle

Victor Hugo est un auteur qui n'hésite pas à mêler ces différents genres dans une même œuvre. Il est conforme en cela à l'esthétique romantique, qui prône le mélange des genres au nom du refus de l'unité classique. Cela correspond aussi à sa logique personnelle. En effet, pour Victor Hugo, il n'y a pas antinomie entre les différents genres narratifs et, de plus, le récit, la poésie et l'essai peuvent se compléter et contribuer de concert à la même visée argumentative.

Récit

Claude Gueux est d'abord un récit, dans la mesure où Victor Hugo, tout au long de la narration, prétend rapporter des faits réels : « *Je dis les choses comme elles sont, laissant le lecteur ramasser les moralités à mesure que les faits les sèment sur leur chemin* » (p. 9). Il se pose donc davantage en historien ou en journaliste qu'en romancier, c'est-à-dire en créateur de personnages et de récits fictifs.

Il est exact qu'ici Victor Hugo s'inspire très largement de l'histoire d'un personnage réel dont il a suivi l'affaire, rapportée par *La Gazette des tribunaux* en 1832. Le vrai Claude Gueux est un criminel bourguignon récidiviste qui, pour échapper à la police, se cache sous plusieurs fausses identités, dont le nom de Claude Guieu. Voleur de nourriture à 14 ans, il est condamné à cinq ans de centrale en 1823. Libéré en 1828, mais sans travail, il vole un cheval pour le revendre ; repris et jugé, il écope d'une nouvelle condamnation de huit ans en 1829, qu'il purge à la centrale de Clairvaux. Il y rencontre Albin Legrand, avec qui il aurait entretenu des relations homosexuelles. Le gardien-chef

Delacelle lui interdit alors de revoir son ami ; poussé par les autres détenus qui détestent ce chef, Claude Gueux le tue. Le meurtre et ses suites, y compris les détails (l'arme du crime, les ciseaux avec lesquels Claude tente ensuite de se donner la mort), suivent le même déroulement que dans la fiction.

Roman

Cependant, la confrontation des « sources » et du texte montre bien que Victor Hugo fait œuvre d'écrivain. Le récit devient roman, car y est présentée la vie de Claude dans son ensemble. Même si les épisodes qui précèdent son arrestation, le meurtre et sa condamnation sont résumés en quelques phrases, il n'en reste pas moins que l'on entrevoit toute la famille de Claude – sa compagne et son enfant –, et la vie difficile d'ouvriers qu'ils mènent et qui pousse Claude à voler. On a là, en quelque sorte, un état embryonnaire des *Misérables* et une première ébauche du personnage de Jean Valjean.

Nouvelle

Par sa concision et sa brièveté, par le centrage de l'action sur un épisode de quelques jours *(« du 25 octobre au 4 novembre* [1831] *»)* et sur deux personnages (Claude et le directeur), *Claude Gueux* peut aussi être rattaché au genre de la nouvelle. Cette confrontation débouche sur une double chute, tragique : la mise à mort successive du directeur et de Claude. Mais l'histoire n'en reste pas là : Victor Hugo reprend la parole pour tirer la leçon de cet épisode, transformant sa nouvelle en conte, au sens classique du terme, c'est-à-dire en un récit débouchant sur une morale, un enseignement.

Un récit exemplaire : conte, allégorie* et parabole*

Un récit est exemplaire dans la mesure où les personnages mis en scène et l'histoire racontée aboutissent à une morale. C'est bien sûr le cas dans *Claude Gueux*, récit qui met en scène un ouvrier misérable, exemplaire à plus d'un titre.

Tout d'abord, Claude est opposé à son directeur d'atelier, homme médiocre, et le contraste des deux portraits fait ressortir sa valeur, son mérite. Ensuite, on peut suivre, tout au long du récit, la synecdoque* de la tête. Victor Hugo commence par décrire son personnage : « *C'était une belle tête. On va voir ce que la société en a fait* » (p. 10). Puis cette tête tombe : *« Le huitième coup n'était pas encore sonné que cette noble et intelligente tête était tombée* » (p. 57). La tête devient alors le symbole de l'intelligence et, Hugo généralisant, celle de Claude devient la tête du peuple : « *Cette tête de l'homme du peuple, cultivez-la, défrichez-la, arrosez-la, fécondez-la, éclairez-la, moralisez-la, utilisez-la ; vous n'aurez pas besoin de la couper* » (p. 77).

Au-delà du jeu de mots sur le contenu et le contenant, qui rappelle le dicton de Montaigne *(« Une tête bien faite vaut mieux qu'une tête bien pleine* »), il apparaît à l'évidence que Victor Hugo fait de l'histoire de Claude un exemple. On a donc bien là un récit exemplaire. Chaque élément du récit est choisi par son auteur pour prendre place dans une longue et accablante démonstration. Tout est en effet pensé et organisé dans le but de lutter contre la peine de mort et pour servir d'argumentaire pour dénoncer le système des peines au XIXe siècle, jugé injuste et néfaste.

Le personnage devient une allégorie, figure humaine symbolique qui incarne ici la valeur du peuple et de son innocence. La

* *Cf.* Lexique.

mort de Claude, comme celle du Christ ou de Socrate, est un sacrifice, recherché et consenti pour prouver la vérité d'une idée juste. Il doit servir d'exemple pour permettre au monde de changer (*cf.* pp. 38-46).
Victor Hugo revendique d'ailleurs explicitement cette portée de son récit : « *Nous avons cru devoir raconter en détail l'histoire de Claude Gueux, parce que, selon nous, tous les paragraphes de cette histoire pourraient servir de têtes de chapitre au livre où serait résolu le grand problème du peuple au dix-neuvième siècle* » (p. 71). Il revendique le fait qu'on peut en tirer un enseignement et, surtout, qu'un tel récit en dit plus et de façon plus convaincante qu'un long traité. Et comme il l'écrira en préambule de ses *Misérables*, « *tant qu'il y aura sur la Terre ignorance et misère, des livres de la nature de celui-ci pourront ne pas être inutiles.* »
D'ailleurs, le négociant Charles Carlier agira conformément à cette démarche en voyant dans cet ouvrage une « *grande leçon* ».

Du romantisme « noir » au romantisme social

Au moment où paraît *Claude Gueux*, et suite à la bataille et au triomphe d'*Hernani* en 1830, Victor Hugo est le chef de file reconnu du romantisme, mouvement qui domine alors la scène littéraire et artistique.

Préromantiques et romantisme

Sturm und Drang

Le romantisme commence en Allemagne, sous la forme du mouvement préromantique du *Sturm und Drang* (« Tempête et Élan », titre d'un drame de l'écrivain F. M. von Klinger). Il réunit de jeunes auteurs, influencés par Rousseau et Shakespeare, dont les figures majeures sont les auteurs allemands Goethe (1749-1832) et Schiller (1759-1805). Déçus par la régularité classique et la rationalité des Lumières, ils prônent un retour à la nature et l'exaltation du *moi*. Ce mouvement va se répandre en Europe et donner naissance au mouvement romantique.

Le romantisme

Le mouvement romantique conteste l'esthétique classique fondée sur l'ordre, la mesure, la rigueur, la raison, et propose de nouveaux canons artistiques : le mouvement, le goût pour l'histoire et les littératures étrangères, pour les contrastes et l'expression du *moi* et du sentiment personnel.

En France, il s'étend de la fin de l'Empire napoléonien (1815) – l'épopée napoléonienne est l'un des mythes fondateurs des romantiques – jusqu'au début du Second Empire (1852), et prend de multiples formes (romantisme social, « noir »...).

D'une manière générale et jusqu'à la révolution de 1848, les écrivains romantiques, comme Chateaubriand, Lamartine, Vigny et Hugo lui-même, sont plutôt réactionnaires et royalistes. Ils soutiennent d'abord la monarchie de la Restauration, puis la monarchie de Juillet (1830). Mais, à mesure que ces régimes échouent à assurer la prospérité et à lutter contre la misère et qu'ils remettent en cause les acquis de la Révolution, en particulier en rétablissant la censure et le contrôle des œuvres, nombre d'écrivains se montrent de plus en plus critiques à leur égard et s'inquiètent de la question sociale et de la justice. Victor Hugo est au premier plan de ces interrogations, avec *Le Dernier Jour d'un condamné* (1829) puis *Claude Gueux* (1834), deux œuvres qui posent la question de la justice et de la peine de mort, sur un double plan philosophique et social. Avec *Claude Gueux*, le romantisme prend une dimension sociale nouvelle, et cette mise en scène d'un événement contemporain inspiré d'un fait divers préfigure aussi le réalisme.

Une esthétique romantique

Tout au long de *Claude Gueux*, Victor Hugo multiplie les antithèses* et les contrastes, les oppositions du Bien et du Mal, et met en jeu des forces naturelles (la faim, la cruauté). Il crée ainsi une atmosphère dramatique et bouleversante qui est l'une des caractéristiques de l'esthétique romantique. Les scènes essentielles (la rencontre de Claude et Albin, la confrontation de Claude et du directeur, la réunion des bagnards harangués par Claude dans l'atelier, l'assassinat) sont traitées de manière dramatisée, avec une certaine grandiloquence, une volonté d'impressionner le lecteur en mettant de la grandeur dans les personnages, en dépit de leur condition de proscrits.

Ces oppositions, cette alliance du « *grotesque et* [du] *sublime* » (pour citer la formule par laquelle Victor Hugo définit l'esthétique romantique) font de ce récit une œuvre romantique.

* *Cf.* Lexique.

Claude Gueux
par Louis Édouard Rioult
(1790-1855).

Du romantisme « noir » au romantisme social

Fascination pour le crime

Le romantisme « noir » désigne les œuvres des années 1830, marquées par l'intérêt des écrivains pour le crime, le meurtre et les bas-fonds de la société, et pour les prodiges fantastiques. S'il est souvent le fait de petits-maîtres (Barbey d'Aurevilly, Nodier, Petrus Borel), cet intérêt marque aussi l'œuvre d'écrivains de premier plan : Balzac publie, en 1835, *Le Père Goriot*, qui met en scène le personnage de Vautrin, un prisonnier évadé, réputé diriger une sorte de société secrète de malfrats. Ce personnage s'inspire de François Vidocq (1775-1857), bagnard devenu chef de la Sûreté, qui fascina une génération d'écrivains, lecteurs de ses *Mémoires* parues en 1828, et qui sera aussi le modèle de Victor Hugo pour Jean Valjean et Javert dans *Les Misérables* (dont la rédaction débute trois années avant la révolution de 1848).

La vogue du récit fantastique, alors pratiqué par de nombreux écrivains, contribue aussi à cet intérêt pour le crime et sa dimension mystérieuse, fascinante et terrifiante. Gautier, Nerval, Mérimée, Nodier, mais aussi Balzac avec *La Peau de chagrin* publient des récits fantastiques mettant en scène des fantômes, des apparitions, et dans lesquels se manifeste un certain goût pour le morbide et le sombre.

Pour les romantiques, le crime exprime les profondeurs noires de l'âme humaine – d'où leur intérêt pour des grandes figures de criminels tragiques (Phèdre, Œdipe, Macbeth) cités dans *Claude Gueux*. Victor Hugo, à ses débuts, tenta, avec *Han d'Islande* (1823), de créer un de ces « grands » criminels. Mais il se montra alors, comme ses contemporains, fasciné par le

pittoresque sombre du crime et s'inspira des romans noirs et gothiques de Walter Scott ou Ann Radcliffe.
Avec *Claude Gueux*, sa vision du crime est totalement renouvelée. L'écriture de la scène du crime, « expédiée » en trois lignes, en témoigne : « *Au moment où il tombait à la renverse, un quatrième coup lui balafra le visage ; puis, comme une fureur lancée ne s'arrête pas court, Claude Gueux lui fendit la cuisse d'un cinquième coup inutile. Le directeur était mort* » (p. 49).
Cette fois, Victor Hugo met l'esthétique et le goût des romantiques pour le crime au service d'un discours réformiste et social. Ce n'est plus le côté sombre du crime mais sa dimension sociale qui le préoccupe.

Dimension politique et sociale du crime

Dans la scène de l'assassinat – on l'a vu –, Victor Hugo adopte volontairement un style sobre et neutre. Il n'insiste pas sur la dimension dramatique et spectaculaire du crime, pour davantage s'intéresser à sa dimension politique et sociale. Le personnage de Claude a une valeur démonstrative. Il n'impressionne pas par sa brutalité ou sa cruauté, mais par sa raison et sa maîtrise : il ne tue pas par rage ou vengeance mais parce qu'il n'a pas d'autre solution pour défendre ce qu'il croit être la vérité.
Victor Hugo cherche avant tout à expliquer son destin de prisonnier et son geste par les circonstances de sa vie : « *L'homme vola. Je ne sais ce qu'il vola, je ne sais où il vola. Ce que je sais, c'est que de ce vol il résulta trois jours de pain et de feu pour la femme et pour l'enfant, et cinq ans de prison pour l'homme* » (p. 9). On voit bien, dans ces quelques lignes, que l'enchaînement des causes et des effets, par leur disproportion et leurs conséquences terribles, vaut dénonciation d'une situation – celle des ouvriers pauvres, obligés de voler pour survivre.

Plus loin, à l'énoncé de la sentence de mort, la réponse de Claude vaut aussi dénonciation d'un système injuste : « *On lut son arrêt à Claude, qui se contenta de dire :* C'est bien. Mais pourquoi cet homme a-t-il volé ? Pourquoi cet homme a-t-il tué ? Voilà deux questions auxquelles ils ne répondent pas » (p. 54). Claude Gueux est ainsi presque excusé, son acte étant comme justifié.

Le récit de Victor Hugo vaut ainsi démonstration à l'appui de l'idée qu'il faut réformer non seulement le Code pénal, mais encore la société elle-même. Comme il l'affirme lui-même, dans le long discours qu'il place à la fin de son ouvrage : « *Nous avons cru devoir raconter en détail l'histoire de Claude Gueux, parce que, selon nous, tous les paragraphes de cette histoire pourraient servir de têtes de chapitre au livre où serait résolu le grand problème du peuple au dix-neuvième siècle. Dans cette vie importante il y a deux phases principales, avant la chute, après la chute ; et, sous ces deux phases, deux questions, question de l'éducation, question de la pénalité ; et, entre ces deux questions, la société tout entière* » (p. 71).

Au total, *Claude Gueux* prend place dans le romantisme social, qui regroupe des œuvres engagées en faveur d'un combat social et politique.

Lexique d'analyse littéraire

Allégorie Figure qui est la représentation d'une idée ou d'une valeur par un personnage qui la personnifie. Cette figure est souvent féminine et généralement pourvue d'attributs, c'est-à-dire d'accessoires qui symbolisent sa fonction. Par exemple, une allégorie de l'Agriculture sera une femme charnue à la poitrine abondante, symbolisant la générosité de la terre nourricière, et portant une gerbe de blé et des outils de moissonneurs, tandis qu'une allégorie de la Mort sera efflanquée et portera une faux. L'allégorie peut aussi prendre la forme d'un récit : *Claude Gueux* est une allégorie de la Misère et de l'Injustice de la peine capitale.

Allégorique Qui a trait à l'allégorie.

Antithèse Opposition de deux termes, comme dans « *Claude Gueux, honnête ouvrier naguère, voleur désormais* ».

Antithétique Qui a trait à l'antithèse.

Concession Figure de rhétorique qui consiste à introduire une réserve, une contradiction dans une idée pour la dévaloriser. Par exemple, lorsque Victor Hugo dit du directeur qu'il est « *dur plutôt que ferme* », il semble faire un éloge, alors qu'il fait une critique.

Ellipse Dans un récit, moment ou événement qui n'est pas raconté. Après l'assassinat du directeur, Claude perd connaissance ; à la phrase suivante, il se réveille à l'hôpital. Il y a là ellipse temporelle : l'épisode du transport et de l'arrestation de Claude est passé sous silence.

Énonciatif (Système –) Terme désignant le régime de parole dans un récit. On oppose généralement le système énonciatif du récit, qui se compose d'un narrateur impersonnel à la 3ᵉ personne, à celui du discours, où un narrateur (ou locuteur) impliqué et présent parle à la 1ʳᵉ personne. Dans le cas de *Claude Gueux*, les deux systèmes se combinent et Victor Hugo assume personnellement son récit à plusieurs reprises, comme dans la formule « *Nous avons cru devoir raconter en détail l'histoire de Claude Gueux* », où il motive son récit.

Épique Qui possède les caractéristiques de l'épopée, genre narratif où l'on raconte les exploits extraordinaires de héros.

Éponyme Se dit d'un personnage qui donne son nom à l'œuvre *(Claude Gueux)*.

Exposition Terme de théâtre servant à désigner les premières scènes d'une pièce, au cours desquelles les éléments essentiels de l'intrigue sont présentés au spectateur.

Filée (Métaphore –) Genre de métaphore qui s'étend sur plusieurs lignes. C'est le cas de la métaphore médicale employée par Victor Hugo pour décrire et critiquer, à la fin, le système pénal français (voir *Métaphore*).

Focalisation Terme utilisé par image pour désigner le point de vue narratif. La focalisation peut être interne (le récit est raconté par un des personnages), externe (il est raconté par un témoin extérieur) ou omnisciente (il est raconté par un narrateur extérieur qui sait tout des personnages et peut se déplacer simultanément en plusieurs lieux). Dans *Claude Gueux,* la focalisation est généralement omnisciente.

Lexical (Champ –) Ensemble de termes se rapportant à la même notion.

Maxime Formule frappante et concise exprimant une vérité générale. Les maximes sont nombreuses dans *Claude Gueux,* comme par exemple : « *L'ignorance vaut encore mieux que la mauvaise science.* »

Métaphore Figure qui consiste à désigner une chose *(la jeunesse)* par une autre *(le printemps de la vie)* qui entretient avec elle un rapport imagé (voir *Métaphore filée*).

Parabole Terme qui désigne à l'origine les paroles que le Christ adresse à ses disciples lors de sa prédication. Ces paroles ayant souvent un sens moral, symbolique et caché, par analogie le terme désigne aussi un court récit ayant une signification cachée et symbolique.

Plaidoyer Discours de défense d'un accusé prononcé par son avocat lors du procès. Par analogie, tout discours prenant la défense d'une idée, d'une personne ou d'une cause.

Protagoniste Personnage, l'un des acteurs d'un drame ou d'un conflit.

Rhétorique Art de bien parler, art de l'éloquence et étude des figures du discours.

Synecdoque Figure de rhétorique qui consiste à désigner le tout par la partie : par exemple, on parlera des *voiles* pour laisser entendre les *bateaux*.

Type Personnage qui, par ses caractéristiques, représente et incarne un groupe. Claude Gueux est le type de l'ouvrier pauvre, obligé de voler pour se nourrir, et le directeur le type du fonctionnaire borné.

Bibliographie, sites Internet

Bibliographie

Autres œuvres de Victor Hugo

- *Le Dernier Jour d'un condamné*, coll. « Bibliolycée », n° 31, Hachette Livre, 2005.
- *Les Misérables* (extraits), coll. « Bibliolycée », n° 28, Hachette Livre, 2004.
- *Les Misérables*, éd. de Maurice Allem, « Bibliothèque de la Pléiade », Gallimard, 1976.

Sur la misère au XIXe siècle

- Eugène Sue, *Les Mystères de Paris,* 1842-1843.
- Michel Nathan, *Anthologie du roman populaire : 1836-1918,* « 10-18 », 1985.

Sur Victor Hugo

- Patrick Besnier, *L'ABCdaire de Victor Hugo,* Flammarion, 2002.
- André Besson, *Victor Hugo : vie d'un géant*, France-Empire, 2001.
- Hubert Juin, *Victor Hugo*, Flammarion, 1980-1986 (3 volumes).
- Marie-Laure Prévost, *Victor Hugo, l'homme-océan,* BNF, 2002.

Sur le romantisme

- Paul Bénichou, *Romantismes français I (Le Sacre de l'écrivain* et *Le Temps des prophètes),* coll. « Quarto », Gallimard, 2004.
- Paul Bénichou, *Romantismes français II (Les Mages romantiques* et *L'École du désenchantement),* coll. « Quarto », Gallimard, 2004.

Sur la peine de mort

- Robert Badinter, *L'Exécution*, Grasset, 1973 (rééd. Fayard, 1998).

– Albert Camus et Arthur Koestler, *Réflexions sur la peine capitale,* Calmann-Lévy, 1978 (édition revue et augmentée, Gallimard, 2002).
– *Journal officiel de la République française*, débats parlementaires des 17 et 18 septembre 1981.

Sites Internet

– http://www.victorhugo.culture.fr/
– http://pages.globetrotter.net/pcbcr/hugo.html
– http://www.ac-strasbourg.fr/pedago/lettres/Victor%20Hugo/Communs/biographie.htm
– http://www.peinedemort.org/peinedemort.php
– http://www.amnesty.fr/

Achevé d'imprimer en Italie par Rotolito Lombarda
Dépôt légal : Octobre 2009 - Collection n° 64 - Edition 03
16/9193/0

– Albert Camus et Arthur Koestler, *Réflexions sur la peine capitale*, Calmann-Lévy, 1978, édition revue et augmentée, Gallimard 2002.
– *Journal officiel de la République française*, débats parlementaires des 17 et 18 septembre 1981.

SUR INTERNET

– http://www.victorhugo.culture.fr
– http://pages.globetrotter.net/pcbcr/hugo.html
– http://www.ac-strasbourg.fr/pedago/lettres/Victor%20Hugo/Commun/biographie.htm
– http://www.peinedemort.org/peinedemort.php
– http://www.amnesty.fr